愿为你赴一场前路不明的旅途

代琮 / 著

DAICONG
WORKS

浙江文艺出版社

没有人能不老不死,但赤子之心永存。

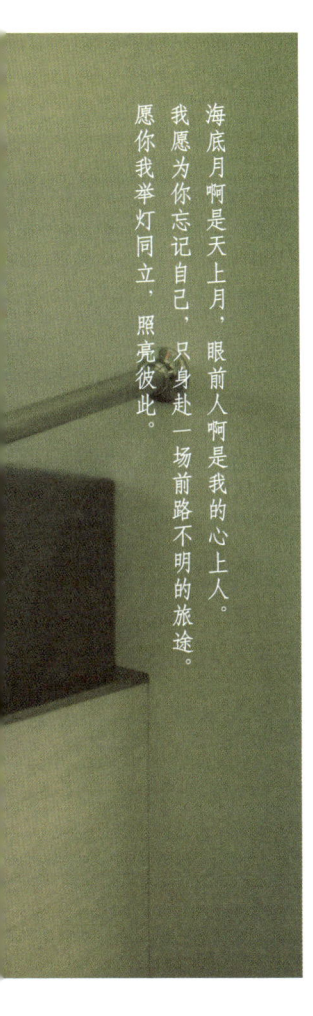

海底月啊是天上月,眼前人啊是我的心上人。我愿为你忘记自己,只身赴一场前路不明的旅途。愿你我举灯同立,照亮彼此。

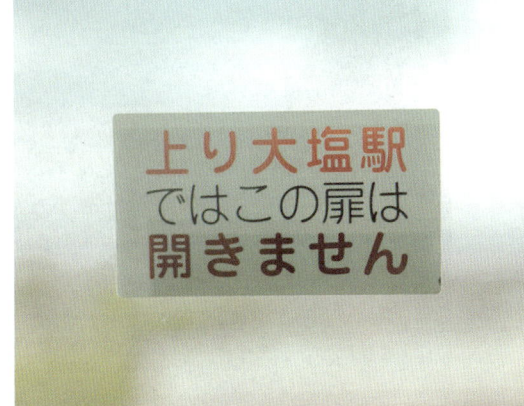

每个人都要经历过一些，
被生活一拳一脚地教会点什么，
才能摸索到自己理想生活的边界。

"梦想"不是一个"中二"的词,
它活在我们生活里,如影随形。

接受孤独之后,很多东西才能在与自己的独处中沉淀下来,成为你灵魂里的基石,一层一层地垫在脚下。

目录
contens

Part 1
千帆历尽,不言沧桑

三十而立后,继续当个少年 / 002
凡是过往,皆为序章 / 007
有些旧知己,就是变不了老友 / 013
若步履不停,不要总是慢那一拍 / 021
让那些人,陪你到最后吧 / 029
我要这个世界,有人为我而来 / 037

Part 2
愿你深情,不负过往

愿为你赴一场前路不明的旅途 / 046
一辈子太长,别将就去爱 / 054
能够握紧就别轻易放手 / 061
对的爱情,不会让你觉得自己很差劲 / 067
分手前,让我们好好说再见 / 075
你只是失恋而已,别辜负了更好的风景 / 081
好的爱情,从来不需要委屈自己 / 086

Part 3

紧握当下，不惧未来

别拿最好的青春，过最无望的生活 / 094
对未来的真正慷慨，是把一切献给当下 / 102
用力爱过的人，余生最好不要再见 / 106
真正的玩家只是你自己 / 112
别抱怨生活迷茫，你只是把时间给了无聊 / 119
何必遗憾成败得失，那只是选择后的人生 / 125
方寸间的五彩，怎比得上世界的斑斓 / 133
最大的痛苦不是失败，而是"我本可以" / 137

Part 4

以梦为马，不坠初心

你总要试着相信些什么，才能自我成长 / 146
人生很长，别失望得太早 / 151
父母最好的呵护，是凝望和目送 / 158
人生最大的修行是修自己 / 165
希望你对生活抱有热情，做的都是自己热爱的事 / 171
你终要避过别人口中的希望 / 178
掌控自己的欲望，才能从容不迫地生活 / 185
知世故而不世故的你，很酷 / 192

Part 5

砥砺前行,不改锋芒

总有一次深爱,义无反顾 / 200
太多的现世安稳过后,我需要一点兵荒马乱 / 206
不想做大魔王了,想做你的小公主 / 212
上天赠送的礼物,早已在暗中标注了价码 / 219
总会有个人出现,让你原谅这世界 / 226
你最大限度的自由来自你的自律 / 232
孤独之前是迷茫,孤独之后是成长 / 239

我们前进着,改变着,不应当要求自己永远保持年轻时一往无前的勇敢,而是至少时时刻刻地记得,那股埋藏在心里的少年气。

千帆历尽
不言沧桑

*Have gone through ups and downs,
no mention of vicissitudes*

Part 1

三十而立后,继续当个少年

那年 4 月底,我因为私事回了一趟老家,到派出所办理证件时,正好路过高中母校。

我毕业后,学校换了新大门,原本斑驳的铁门成了电动伸缩门,四周的旧楼房也被推倒重建,现在科技楼、实验楼、游泳馆一应俱全,外观也被设计成了欧式风格,看上去高端洋气,却不再是我记忆中母校的模样。

崭新的校标下,穿着校服的青葱少年们背着书包,匆匆忙忙地走进回荡着广播声的校园里。他们面容青涩,笑意腼腆,明明是不熟悉的脸,却突然就戳中了我回忆的开关,让我呆立在校门口,忍不住往里张望起来。透过那些少年,我恍惚觉得有那么一瞬间,不仅看到了旧日的自己,也看到了曾经一起度过三年时光的他们。

办好证件后,我联系了从前的班主任李老师,回学校走了一圈。

李老师说,自己已经不再带高三的学生了,年纪大了,体力渐渐跟不上了，颈椎病也越来越严重，一年有四分之一的时间，都是在医院跟学校之间辗转着度过的。

说完后，老师很轻地叹了口气。我听着，心里愈发沉重、酸楚起来。

时过境迁，我站在已经不再熟悉的校园里，再去回看自己的高中时代，只觉得发生过的事情像是蒙了一层纱，还是历历在目，却已经不再触动自己。当时觉得一生一世都不能忘记也不能放弃的情谊，到最后，一个班级五十六个人，却再也没有聚齐过，现在还和我保持联系的也屈指可数。

那天晚上，我约高中时最好的朋友出来小坐。我们在学校大门对面的大排档里撸串，一边喝着冒白沫的冰啤酒，一边看着夜色里安静的校园聊天。

强子已经结婚了，高中三年都没有超过一百二十斤的少年现在已经揣了个至少二十斤的肚子，轮廓分明的脸圆润了很多，满脸都写着幸福。他给我看了家里小女儿的照片，充满宠溺地说起自己梦寐以求的小公主，眼中满是柔情。

我看着这个以前号称"大学必出省，工作绝不在本市"的人，笑着摇了摇头。

强子说："以前班里的男生中你是最内敛的人，大家都以为你会规规矩矩地在本省读大学，然后工作、结婚、生子。没想到最后反而是你走得最远，现在都没有安定下来。"

我笑得苦涩，抿了口啤酒："是啊，谁能想到呢？"

我们聊了很多，内容有从前，也有现在。

酒过几巡后，强子已经微微有了醉意，他酡红着脸，叹了口气，说："今天要不是你约我，我是不会过来这里的。我都不敢过来，你知道吗？看着那些未来还充满希望的年轻人，再看看现在的自己。虽然说我现在也是有妻有女，但到底还是意难平啊，你懂我的意思吗？我的人生已经能看到头了，可他们还充满希望，有无限可能。"

我不能作答，一时沉默。

强子叹了口气，接着说道："虽然不想承认，但我们好像真的老了啊……你记不记得，以前我们为了保护班里的女孩子，轰轰烈烈地在学校后门口跟那群混混打群架？可是你知道吗？就在几天前，我看见一个小偷在街上偷人钱包，居然一个字也不敢多说。因为那个时候，我正抱着女儿，我怕如果揭发了那个小偷，他会伤害我，或是伤害我女儿。"

这个时候，强子脸上突然出现了少年般执拗的表情，他像是极不齿自己所作所为般，执着地问我："你说，我是不是变了很多，一点都没有从前的样子了？"

我答："怎么可能不变呢？我们都变了。"

人不会永远都是少年，总有变得成熟和理智的一天。曾经敢独自面对世界的少年，走着走着，就多了很多牵挂，他们有了妻子、孩子、家庭；曾经龙穴探宝也要一去的勇气，慢慢变成了保护家庭的决心。他们开始珍惜自己,保护自己,因为不想让爱护的人伤心。

三十而立,立起来的是家庭,倒下的,大概就是所谓的个人英雄情结了吧。

吃完饭后,我和强子一起进学校散步。下课的学生们偶尔经过我们旁边,会诧异地看一眼,那种看社会人士的眼神,曾经是少年的我们也拥有过。

这个世界总是这样,年轻的孩子像野草似的一茬一茬地成长起来,永远有人正当年,挥霍着黄金般珍贵的年华。而那些会看着这些少年黯然神伤的,都是已经不再拥有青春的成年人。他们身上已经少了如火般的热情,裹上了保护自己的膜,变得面目模糊起来。

现在那些少年应该也不会想到,有一天自己也会长出一张成年人的脸,一张可能沉默、疲倦、爱也模糊恨也模糊的脸。我们终有一天会对生活妥协,或多或少,因为这个世界上从来就没有人能永远保持天真,因为人生不如意事十有八九,我们总会有对这个世界失望的时刻,总会有付出一切也挽不回、得不到的东西。

人真的是一直在变化的,从年少到成熟,从轻狂到稳重,没有人能说出这是好还是不好。曾经夜夜啤酒、烤串、小龙虾的人,总有一天会保温杯泡着枸杞端着不撒手。你以为那些被称为"油腻中年男"的大叔,就没有白衣飞扬的少年时代吗?

都有的,只是已经过去了。而你现在轻蔑的,很可能就是将来的你。

古希腊哲学家赫拉克利特说，人不能两次踏进同一条河流。

同理，人也不会一直是少年或是幼年的心态，总是会转变，会成长的。少年时有冲劲，成年时求稳重，好像追求变了，但其实核心还是一样的。因为少年时代也是你身体的一部分啊，他不是消失了，只是被磨出来的伤口一层层地包裹起来，置放在了灵魂深处。

碰壁和受伤后，人总会成长，学着保护自己，不受外界伤害。但内里的一些少年气，却会永远留在身上，不会因为结婚生子或者其他任何事情而消失。

我们前进着，改变着，不应当要求自己永远保持着年轻时一往无前的勇敢，而是至少时时刻刻地记得，那股埋藏在心里的少年气。即使在经历风雨后，也不因为外界的影响，而觉得那种少年气是愚蠢的、可笑的。因为那种少年气，才是我们拥有过青春的证明啊。

三十而立，不意味着人彻底告别了少年，而只是过了个坎，继续当那个外表模糊，内心却依旧鲜明的少年。没有人能不老不死，但赤子之心永存。

凡是过往,皆为序章

大概每个渴望成功或热爱旅行的人,都会有那么一瞬间向往过纽约。

我也不能免俗,曾经也有过想去美国学习或工作的想法,后来却因为各种原因没能成行。最开始我也有过遗憾,但后来随着年纪的增长也渐渐坦然,承认一切都是生活最好的选择。所谓天不能尽如人愿,这本来就是人世间最经常发生的事情。

今年春节过后不久,我因为工作,去了一趟美国。

和我一起被外派到美国的同事叫吴颖,是个小我三岁的杭州女孩儿,算是我的下属。照理来说,本来应该是她要负责解决我们的交通问题,但吴颖自己连国内的驾照都没有考过,我实在没办法要求她在短时间内,考一本美国的驾照出来,于是只能自己设法解决。

吴颖也没有想到,我们工作后期要去的州,会不承认国内公证过的驾照。面对我的困境,她非常无奈,却也帮不上什么忙。这个时候,吴颖才跟我提起,她的弟弟刚好在纽约留学,还考过美国的驾照,应该可以帮我。我当然求之不得。

吴颖的弟弟叫吴英,是个非常年轻帅气的男孩,性格里有点"90后"特有的桀骜和不羁,心地却很好。他不仅帮我通过了驾考,还带着我俩熟悉了工作时可能用到的各种交通方式,大大缩减了我们熟悉新环境所需要的时间。

考完驾照后,我请他们姐弟俩吃饭。

因为都是中国人的关系,我也就没请他们在外面吃,而是自己费了点力气去买了原汁原味的中国食材,在公寓里做了一顿饭。吃完饭后,吴颖收拾了东西在厨房洗碗,吴英坐在客厅里出神,他喝了点酒,眼睛有点发红,看上去像哭过一样。

聊天的时候,吴英问我:"琮哥,为什么你无论做什么都好像很简单的样子?我听我姐说,你一边要忙工作,一边还要写作,同时日常生活中,还要力求自己做好那些喜欢的事情,比如拍照、旅行、健身等等。感觉不慌不忙的,就算事情再困难,你也能慢条斯理地一步一步去解决。可我怎么就偏偏不行呢?这么多年过去了,我好像还留在刚出国的时候,做什么事情都是慌慌张张的,一点也没有成熟稳重起来……我爸妈都说我长不大,可是我实在不知道,要怎么做,在他们眼里我才算是真正长大了。"

我愣了一会儿,没想到自己在他眼里的形象居然这么高大,不由得笑着说:"没有人一开始就是成熟稳重的性子,你现在这么说,是因为没见过我年少轻狂时的样子。"

后来,才听吴颖慢慢跟我讲起她弟弟的事情。

吴英从小就是个很聪明的人,不用太过努力,就能做到别人费尽心思也达不到的成就。也许是因为从来没有经过什么磨难的关系,他很少有什么目标,也很少要求自己达到别人的什么期望,做什么事情都是随心而去,很少有个定性。

少年时,吴英喜欢漫画,后来想学美术,就去了,最后考上名牌大学,却在第二年就换了专业;后来又因为专业成绩优秀,以交换生的名义出国留学;再后来干脆就留在了纽约,没再回去。旁人看他风光,他其实根本不知道自己想做什么,只是浑浑噩噩,等着困难的发生,或是指望自己偶然间的一时兴起,来指引自己人生的方向。

我不自觉地想起自己,好像从来没有过能如此恣意飞扬的时刻。

人生中的大多数时刻,我都觉得自己平凡、中庸、了无成就,是中国大地上随处可见的面容模糊的青年人。我像社会里大多数人一样,做着普通的工作,吃着平凡的饮食,没有什么奇遇,也没有什么值得人称道的故事,就只是个非常普通的普通人而已。

后来我跟吴英提起,我从来没有想过,会被他这样一个能称得上是天才的人羡慕。

他说:"我不是什么天才,只是个三心二意、永远学不会专注的人。我过着自己的生活,又向往着别人的生活,最后只能落个两手空空的下场。"

我说:"你很清醒,只是不想改变而已。各人有各人的活法,有坚持到底的活法,也有随波逐流的活法,只要能活过去就好。这世界上各人有各人的命数,本来就没有标准的模板。你只需要知道,现在你所经历的一切,最后都会成就你,无论结果如何。我现在也不能给你一个好的建议,只是觉得你可以挑个能维生的爱好一边做下去,一边再去尝试自己好奇的东西。"

那次聊天之后,吴英就离开了美国。

因为我的那番话,让他想了很久很久,去回忆自己的爱好,想来想去,还是想去画画。

吴英感慨道,自己怀念年少时坐在窗台边上,一边偷看着心爱的姑娘,一边偷偷给她画素描的日子。那段时间虽然也有很多烦恼,但握着画笔的日子,曾让他无比真实地快乐过。虽然后来他有过那么一瞬间,害怕自己什么都不会,永远都只能握着画笔,所以选择了转系。但如果选择一个让他能坚持一生的爱好,那无论怎么想,也就只有画画了。绘画,已经不再只是一个技能,而是他表达自己的方式。

吴英去了日本,他想在以漫画闻名世界的日本,重新把自己丢掉的技能捡起来,开始新的生活。吴颖开心地告诉我,总算看见

一个转身

我们总在责怪梦想,怪它不过是
你若是肯转身
哪怕那个自己迈出一步
说不定,就真的会能碰到它
哪怕……

所谓向往的生活,
归根结底不是用来向往的,
是用来筹备、用来建设、用来实现的。

弟弟有了点奋发向上的心思，十分欣慰。

理想的生活不会一开始就存在，就像每个人不是一开始就有所谓的人生目标。每个人都要经历过一些，被生活一拳一脚地教会点什么，才能摸索到自己理想生活的边界。

所谓向往的生活，归根结底不是用来向往的，是用来筹备、用来建设、用来实现的。如果你只是向往，向往的生活永远就只是向往，你不会真正拥有。无论你曾经蹉跎过多少时间，只要在经历，在学习，就不算蹉跎。因为你所有的经历，都会成就后来的你。我们都会有艰难、迷茫的日子，与其困惑地堕落，不如平静地接受现实，前方的日子怎么来，我们就怎么过。

要知道，凡是过往，皆为序章。

与君共勉。

有些旧知己,就是变不了老友

从前共你,促膝把酒,倾通宵都不够,我有痛快过,你有没有。

很多东西,今生只可给你,保守直到永久,别人如何明白透。

实实在在,踏入过我宇宙,即使相处到,有个裂口。

——陈奕迅《最佳损友》

大熊在深夜抱着两箱啤酒找到我的时候,我正在家里整理书稿。

打开门的那一瞬间,一个一米八多的壮汉从叠起来的啤酒箱后面探出头来,满脸若有所思的惆怅,跟我说:"老林要结婚了,你知道吗?"

老林全名叫林其,是我跟大熊的大学舍友——另一个一米八多的壮汉。

我看着大熊此刻脸上显而易见的失魂落魄，瞬间脑子里波澜壮阔地滚过几万字两个壮汉的相爱相杀……

我正心潮起伏、不可置信时，却听大熊接着叹了一口气，说道："我从他朋友圈里看到的，就今天。我问了老大，他说他也不知道，看来我们同宿舍的几个人，他谁都没告诉。"

大熊径直走到客厅里坐下，利落地启开两瓶啤酒，递了一瓶给我。

我关上门，随后在他对面坐下，接过那一瓶冰凉的啤酒，看着暗绿色瓶口上挂着的白色泡沫，轻轻叹了口气，说道："大熊，算了吧，不至于。"

那天晚上，我们默默地喝完了一箱啤酒，到最后两个人都醉了，他躺在沙发上，红着眼睛，哑声道："咱们上大学那会儿，哥儿几个在一起多好啊，一起疯，一起野，啥事儿都一起扛，怎么毕业分开之后没几年就什么也不是了呢？你现在是一作家了，应该比我懂那些大道理，你告诉我，咱们跟他做了四年的兄弟，怎么就什么也不是了呢？"

我哑口无言，沉默了片刻，所谓"作家"的我，竟然最后也没能回答得上大熊这个问题。

大熊哽咽着等了一会儿，最后还是睡了过去。

勉强还算清醒的我，也是心有不甘地拿出了手机，找到林其的朋友圈，点进去。果然，他荒芜到快长草的朋友圈里更新了一条新动态，没有配文字，只有九张照片，有婚纱照，也有婚宴现场的照片。照片里的老林成熟了很多，新娘看上去也是温婉美丽，两个人十分般配。

给他做伴郎的是他后来的合作伙伴，两个人西装革履，站在一起大笑，露出白白的牙齿，就像我们几个好朋友当初在一起时那样。我看得微微心酸，关上屏幕，闭上了眼睛，而后，也就任凭自己随着大熊一起沉沉睡去。

记得网上曾经有个说法，大学里对你影响最大的老师其实是分配宿舍的老师，因为他决定了你大学四年和什么样的人住，和谁成为最好的朋友。

我运气很好，大学四年几乎没遇见过什么三观不合的人，我们四个大男孩从进宿舍的第一年，一起走到了最后一年。几个人一起逃课、上网、打游戏，一起想办法制造浪漫帮某个人追女生，半夜馋了就翻墙出去吃大排档，回来的时候被舍管阿姨追得满宿舍区跑，最后一起在辅导员的办公室里苦哈哈地写检讨。

那个时候，虽然我们关系都很好，但大熊和老林是上下铺，关系要更亲密些。

他们的亲密更多的是聊得来，虽然两个人在地域上几乎处于中国的一南一北，但就是奇异地非常合拍。两个人所有的爱好都是一致的，还记得大三那年的夏天，他们每天上完课后的最大享受，就是一起光着膀子在宿舍里打《英雄联盟》。他们甚至连本命英雄都是一样的，号称娶妻必娶皎月女神戴安娜。

想来那时的他们谁都不会预料到，多年以后，他们不仅不再亲密，甚至已经陌生到了其中一人结婚都不曾告知另一人的地步。

可要是细细追究起来，大熊和林其之间有什么谈之色变的大仇吗？也没有。

正如陈奕迅在《最佳损友》里唱的那样，我们没有什么大仇，只是走到了那个路口，被推着走，跟着生活流，然后自然而然地生疏下来。曾经真挚热烈的感情终于敌不过地域的距离，位置变了，大家各有队友，各自忙碌着，有了没有对方存在的生活。我们在同一片天空下，都有了新的朋友、新的社交圈，最后很多已经模糊的过去，就不再那么重要了。

当年在夜空下喝着啤酒放肆挥霍年华的时候，我们是真的快乐，也是真的觉得对方会是自己一生的挚友。后来分开之后，也是真的觉得关系淡了，很多话已经不必说，很多过往已经不必再怀念，因为它虽然美好，但已经带上了一个"过"字，已经过去了。

其实友情和爱情有时候有着相同的特质，比如嫉妒、契合、独占欲，等等。当你失去一个多年的挚友时，那种痛苦，可能比你失去某任爱人都更难以接受。

大熊其实也知道，他和老林已经有了各自的路要走，但真正在面临失去的那一刻，还是难以控制地想买醉，想流泪，想要在有着同样心情的人面前痛哭失声。曾经的赤诚以对还在眼前，曾经以为的来日方长却已经成了天各一方。

以这样的方式失去一个人，成年人会感慨，会悲伤，却不会伸手去挽回。

为什么呢？因为知道不可能。

成年人比起意气风发的少年，少的就是那一份天真。他们更理智，也更克制，明白分开已是结局，再去纠缠反而徒添困扰，不如就此收手，给彼此留点最后的默契。你来找我，我不远千里也要去接你，但如果你要走，我不会送你，也不会拉扯着你，更不会求你不要走。

我们都踏入了社会，明白了生活终究不像升级流小说一般，有时候你付出一千两百倍的努力，可能也等不到哪怕一个机遇，也只能勉勉强强地生活着，不能去妄想任何其他。

毛不易也在一首歌里如此唱过：

如果我变得很有钱，我要把所有人都留在身边。

没错，那也得你真的很有钱。

问题是，我们没那么有钱，更没有资格要求别人放弃自己的生活、自己的亲人朋友和已经舒适下来的生活圈留在你的身边，只为了让你永远地拥有那个"最佳损友"。所以当分开和疏离已经成为必然，即使伤感，我们也必须要接受，必须要放手。

就算你真的很有钱，也不可能把所有人都留在你的身边，不是吗？

如果一个人要走,
你知道自己留不住,
那就站在原地目送他一程吧。

我记得很久之前曾经看过八月长安的一篇博文，题目也叫"最佳损友"。

文章描述了两个女生的友情，如何相识相知，又是如何走到陌生，最后连对方身在何处都不甚知晓。许多语句其实我已经忘了，但唯独还记得其中提起的一句话：

> 描述友情则更难，因为这是全天下人都拥有的东西，至少是自以为拥有。人人都觉得自己的那份最特别，别人的也就那么回事，不用说都懂。

其实男生间也是这样，虽然没有那么婉转，那么曲折。最亲密的时候，觉得这就是我兄弟，比亲兄弟还亲，我一辈子认他这个兄弟，我要为他两肋插刀，虽死不悔。

但后来，也没有，出了学校这个象牙塔，各奔东西，走进社会之后，因为利益牵扯在一起的人多了，人也就会渐渐变化了。会不由自主地在心里评估一个人的价值，思考维持一段关系要付出的成本……所以，两肋插刀什么的，有时候，真的只能当一句话，说说就算，想想就过，千万不要有期待，也不要当真。

到了一定的年纪，生活就会为你一一减去那些已经失落的好友。减法过后，那些留在你身边的人，都不知道最终能陪你多久，你又何必再去哀叹那些已经疏离、已经陌生的人呢？你应当知道，就算他顾念旧情,就算你们当真坐下促膝把酒,又能说些什么呢?回忆完当年,然后呢?还不是要回到各自的生活中,继续日复一日地忙碌吗?

如果一个人要走,你知道自己留不住,那就站在原地目送他一程吧。

既然有些旧知己,就是变不了老友,与其徒自悲叹,不如就让他走,不再参与他的生活,默默祝福他。反正你知道,如果他落难,你会伸出手,而他亦然,这就够了。

擦完眼泪,新的一天,我们还是要起床上班。

若步履不停,不要总是慢那一拍

几年前,我在日本交流学习,住所附近,有个老旧的电影院。

某个周末,影院外面贴出了一张日本男演员阿部宽的海报,旁边的小黑板上,还用日文写着电影和导演的名字:《步履不停》,是枝裕和。

我一直很喜欢看以温情和陪伴为主题的电影。那时候对日本的导演并不十分了解,只有是枝裕和例外。最开始接触他的作品,是2004年上映的《无人知晓》,印象非常深刻,从此记住了他的名字。没想到,时至今日,是枝裕和已成了我最喜欢的日本导演。

看电影的那天,京都下了很大的雨,没有太多观众,于是我花了很低的票价,坐进了略显沉闷的影院里。

电影开始,是枝裕和就用含蓄而克制的镜头,缓缓切入一家人的生活。明明是一场久别重逢的家庭聚会,却在琐碎的日常互动间,传递给观影者一种微妙的气氛。

不知道为什么，我感觉里面的对白，透着一种无法言说的熟悉感。就好像发生在电影人物间的对话，也曾经在我与家人间发生过。那在厨房里微微弓着背忙碌着的身影，明明就是个面容普通的日本老演员，却不知为何总是让我想到正在国内的母亲。

走出电影院时，外面仍在下雨，朦胧的水幕间，整个世界都模糊起来。那一瞬间我突然有点想打个电话回去，给父亲，给母亲，但手伸进衣袋里握住手机摩挲许久，最终还是空着手抽了出来。

我默默地撑开伞，往居住的地方走去。

电影本身，并没有什么特别的跌宕起伏，但就是这样的平静、平凡、隐忍……却总能时不时地撩动你的心弦。

我记得最清楚的一个情节，是男主角良多回到家后，母亲说起了一个相扑运动员，但却无论如何也想不起他的名字。等良多带着妻儿坐在离开家的巴士上时，他突然就想起了那个名字，但等他懊恼地回过头去，想告诉母亲时，却发现车子早已经开远，而母亲的身影也看不见了。

良多回过头，感叹道："总是这样，我总是慢一拍。"画外音就接着说："我们再没提起过那个相扑运动员……三年后，爸爸死了，我没有和他一起看过一场足球赛。妈妈一直和爸爸吵架，直到他死去。但是她很快也就随着他去了。我从没有开车载过她。"

那种猝不及防被戳中的感觉，我记忆犹新。

我跟父母之间也是一直不善言辞表达，倒也非什么原因变故，只是小时候父母管教严格，家庭观念相对传统，因此与父母，多了几分尊敬，却少了一丝亲近。

长大后，懂得了所谓含蓄，又因离家工作时日居多，自然很少能够和父母亲密地相处。有时候想打个电话，都会觉得自己不知道该如何跟他们交流，只是问候几句，便觉得无话可说。

想到前些年，刚毕业工作不久，经常一个人到外地出差。忙到很晚，总是忘了给家里打个电话报平安。而父母却时时担心很少离家那么远的我，在外面吃不饱，穿不暖，照顾不了自己。

现在回想起来，做子女的的确总会忽略父母的感受。

母亲时不时给我发来信息：谁家的孩子都学会走路了；隔壁阿姨家隔三岔五地就会送些自己种的菜过来；小区里的李大爷前些时候犯了心脏病，幸好儿子休息在家，发现得及时；你爸说，让你多注意身体，别总熬夜，别总不吃早饭就去上班……

虽然都是些细数家常，但言语间却是对我的挂念，可我总是不能及时回复，因为我的世界里有太多所谓"更重要"的事情等着我去处理。有时也会被其中的一两句话撩动心弦，可是转头一忙起来，最终连个一句半句的回复也彻底抛诸脑后，而手机另一端的二老，却常常不忘带着手机，生怕错过了我的一字半句。

龙应台的《目送》里有一段话，每次看都会特别感动：

> 我慢慢地、慢慢地了解到，所谓父女母子一场，只不过意味着，你和他的缘分就是今生今世不断地目送他

的背影渐行渐远。

你站在小路的这一端,看着他渐渐消失在小路转弯的地方,而且,他用背影默默告诉你:不必追。

结束在日本的学习,回国前,父亲问了我的航班时间。

因为正逢旅游高峰期,我只买到了晚上的机票,到达的时间很晚。我嘱咐他不用特意来接,我可以自己打车回去。飞机抵达机场已是深夜,机场空荡荡的,白色的灯光打在地板上,安静又孤独。

多年来,我已经习惯了这样的出发和抵达,内心并没有什么触动。只是觉得疲倦,拖着行李往外走的时候,连头都没有抬,只想快点打上车回家休息。

行李的滚轮声中,我突然听见有人喊我的名字。

我抬起头,发现父母亲站在出口外面,正微笑着看我。父亲手里拎着一个我特别熟悉的保温壶,另一只手里还有袋我最喜欢吃的山竹。他们的眼神里写满了关切,乍一眼看去,像一对在幼儿园门口接孩子回家的家长。

保温壶里装的是我最爱吃的手工馄饨。因为怕放久了糊掉,母亲是在临出门时才匆匆忙忙煮好,就为了能让我下了飞机,马上能吃到。

坐在车里吃馄饨的时候,我看父亲在前面的驾驶座上打着哈欠,忍不住说了一句:"爸,不是都跟您说了吗?不用来接我,我自己能安全回去。"

父亲就着哈欠的余音回道："你在别的地方就算了，我们也接不着。可你既然是回家，那多晚我们也得来接啊……反正你要是说了回家，我跟你妈也得在家里等，你不回来，我们哪里能睡着？都一样，都一样，没什么辛苦的。"

我顿了一下，万般滋味涌上心头，却说不出一句话来。

好像也就是那一瞬间，我突然就明白了，是枝裕和为什么让阿部宽在《步履不停》里，演出了一次又一次欲言又止。

和欧洲人的直白不同，亚洲人表达情感的方式实在太委婉了。有时候，哪怕是面对自己最心爱的人，即使内心已经百转千回，嘴上都能欲言又止地说一句：今夜月色很美。有时候，这种婉约很有诗意，有时候，这种婉约，斩断了太多本该及时诉于唇端的话语。

我的父母从没当面跟我说过一句：我爱你。甚至也从没正面直接地跟我表达过一次他们的爱意。所以，小时候，不明所以的我，一直觉得自己仿佛不被喜爱着。而成年后的我，懂得了这一切，却又无法坦然地接受父母的付出，直到现在，连一句理所应当的"感谢"，都觉得难以出口。

从日本回来后，我在家休息了一个月。

那一个月里，我尝试着和父母交流。每天早上按时起床，和父亲一起晨跑、散步，晚上帮母亲打理家务，做日本料理给他吃。我还是没办法对父母说出那句"我爱你"或者"感谢"，但我想在能留在他们身边的时间里，多去付出一些，让他们感受到我的心意。

不要总是慢那一拍，
要知道人生最浓墨重彩的情绪，就是懊悔。

我始终无法忘记，阿部宽饰演的良多在车上那句懊恼的话，他说："总是这样，我总是慢一拍。"

慢一拍，有时候，真的就只是慢一拍而已，就慢了那一拍，错过之后，很多话、很多事就没有了说和做的机会。在很久之后，你再去回忆从前，想着我当初为什么没有说那句话，为什么没有做那件事……但时光过去后，物是人非，你最终再也无法去弥补那个遗憾了。

好像也就是在那之后，我养成了每周在固定时间打电话回家的习惯。

有时候无话可说，就这么闲聊几句，谈谈家长里短，不用多长时间，却能让父母高兴很久。有时候，殷切的关心，比昂贵的礼物更能触碰到人心里最柔软的那个地方。

像电影名字说的那样，人生本来就是个步履不停的过程。少时忙着工作，大了忙着生活，有时候我们奔波着，奔波着，就会忘记守在原地等候的人。不要总是慢那一拍，要知道人生最浓墨重彩的情绪，就是懊悔，因为那本来是自己可以做到的事情，却没有做到。

说不出的话，可以去做，有些行动胜于语言，即使自己什么都不说，父母也能感受得到。跟上那一拍，去做自己此时此刻该做的事情，不要等无可挽回了，再去后悔。在今后注定要步履不停的时日里，我决心永不再慢那一拍。

让那些人，陪你到最后吧

我所认识的立夏和秋天，很久以前是一对很好的朋友。

好到什么程度呢？她们初中相识之后，就成了最好的朋友，同进同出，无话不谈。甚至后来，立夏和秋天的父母都知道了对方的存在，还经常会邀请小姑娘来家里做客。

女孩子好像都喜欢成群结队，她们习惯在专属于自己的小群体里得到安全感，无论在哪个年龄段都不例外。但是像立夏和秋天那样一直要好的，却真的很难得。

有时候，秋天觉得立夏像是她灵魂里分裂出来的另一个自己。

秋天性格内向，心思敏感，其实并不是很容易交到知心好友。立夏和秋天的性格相反，她乐观又开朗，喜欢一切明亮的东西，总是想要伸手去帮助别人。无论何时何地何等境遇，立夏总是在笑着，像她的名字一样，充满夏天即将开始的热度。

有时候，她们也会闹矛盾，因为立夏是个很积极的人，她和班上大部分人的关系都很好。所以，秋天会有种很微妙的嫉妒感。在秋天心里，立夏是唯一，是特殊，但她却会不那么确定，立夏是不是也跟她有着一样的想法。

如果你曾经那样珍惜一个朋友，也许会有过和秋天相同的感受。

谁说朋友之间，就不会吃醋的？

但秋天总是没有办法生气太久，因为立夏总是有各种办法逗笑她，让她放下内心复杂的心绪，重新和立夏依偎在一起。很多时候，立夏都喜欢跟秋天开玩笑，两个人用对方的缺陷起外号，互相逗趣，内心却从来不会介意。那些在旁人眼里有点越界的玩笑，仿佛才是两个人亲密关系的证明。

她们就这样亲密地走过了一年又一年，从初中，到高中，再到大学……认识立夏和秋天的人都说，毫不怀疑她们会是一辈子的挚友。但就是这样所有人都认同的好友，却在离开学校后，就慢慢地淡了联系，再也没有单独见过面。

后来，秋天的母亲曾经问起过立夏的去向，问她怎么不再提起立夏。秋天无言以对，回忆起她们在大四那年的一次争吵。

那一次，秋天因为立夏的一个即使是她们之间也显得有点过分的玩笑生了气，由于立夏当时也过得不顺利，同样不愿意率先服软，两个人就这么话赶话地争执起来。

她们一个觉得不被尊重，另一个觉得对方小题大做。

有时候，太过亲密也许并不是一件好事，这样的感情关系，就像你把自己用于防身的外壳，一层一层地剥下来，完整地袒露在对方眼前，还递给了对方一把上了膛的枪，而且相信对方绝不会扣下扳机。

普通情况下，当然是不会的，但有时候人的情绪上头，会控制不住那种油然而生的恶意。

那天，秋天第一次见识到立夏的恶意，她们的争吵在立夏说完最后一句话后戛然而止，因为她用秋天很久很久以前告诉过她的一个秘密，狠狠地嘲讽了秋天。

秋天告诉立夏这个秘密时，从来没想过，有一天她能这样轻易地将这个秘密当众诉之于口，而且目的是为了狠狠地、狠狠地伤害自己。

这一次争吵结束后，秋天就再也无法直视立夏。即使立夏立刻就后悔了，即使她无比愧疚地用各种形式，向秋天道了一千次一万次的歉，秋天还是没有办法原谅立夏。她鼓足勇气，才能把最阴暗、最痛苦的秘密，告诉最信任的人，是希望能得到些许慰藉，而不是希望这个秘密变成暴击自己的弹药。

后来，她们渐渐淡了联系。

事后想想，发生争吵的那一天，实在是再普通不过的一天。普通的天气，普通的日常，普通的对话……谁也不会知道，那样普通的一天之后，两个曾经那样亲密无间的人，会就此疏远，再也没有参与进对方的生命里。

有一次，立夏去欧洲旅游，那个时候秋天已经很久没跟她联系了。秋天收到立夏从冰岛寄来的明信片时，已经交了新的男友，

人啊,有时候真的是一种复杂的动物。

向往亲密的关系以证明自己的特别,

最后又会害怕太过于亲密的关系,让自己受到伤害。

有了新的生活。她转过明信片去看,上面写着一句话,出自徐志摩的《寂寞人心》:

  也许我们之间最大的错误,就是你以为我刀枪不入,而我以为你百毒不侵。

看着那句话,秋天沉默了很久。

男友看她盯着明信片表情凝重,过来温声询问情况。秋天收起了明信片,笑着抬起头说,没什么,只是一个很久以前的朋友寄来的问候而已。

一个,很久以前的,朋友……秋天有点悲伤地想,从前的自己怎么会想到,自己有一天会用这样的词语来形容立夏。她再次在心里对自己说:"你看,无所不言,其实终归不是一件好事。即使再亲密的人,也该有所保留。"

人啊,有时候真的是一种复杂的动物。

向往亲密的关系以证明自己的特别,最后又会害怕太过于亲密的关系,会让对方扣动扳机,让自己受到伤害。归根结底,无论是亲人、爱人,还是友人,终归有些事是不能告诉对方的,也终归有些话是绝对不能说出口的……

我们很多人,不能免俗的,都会犯这么一个错误。

那就是我们对待陌生人,总有种奇异的宽容,对身边亲密的人,反而更加苛刻，也有更高的标准。我们都会有那么一点微妙的自以为是，觉得正是因为我们之间亲密的关系，我才会在你面前，露出在别人面前不会露出的模样。这种放纵，就是我们亲密关系的最佳证明。

但事实上，有时候正是因为这种放纵，会伤害那些我们珍惜的人。而一个人一生中，值得珍惜，值得骄傲，值得携手到老的关系，屈指可数。

浮生易聚，浮云易散，你不能等到有一天失去对方后，才后知后觉地想，也许有些话你应该留在心里，也许有些话，你不该说出口。

我们都会渐渐成熟起来，会渐渐明白语言的力量是多么的强大，强大到一言能让人放弃生命，一言也能拯救一条生命。小时候，我们用几年的时间学会如何说话，长大后，却要用一生的时间学会闭嘴。

语言的伤害像钉子，钉进木板后，即使将它取出来，木板的伤痕也仍会存在。

如果那个人那么珍贵，那我们也许都该学着闭上嘴，留一点自己的秘密，也让对方留一点自己的秘密。你对那个人的珍惜，你对那段关系的珍惜，是即使知道对方的弱点，知道如何能将对方一击毙命，但无论在什么境况下，无论在什么情绪里，也绝不会开口。

不要等失去后才后悔，懊悔是最痛苦也最无用的情绪。

那个人曾来过，然后你又失去了他，是不是想一想都会觉得心酸？

别这样，我们都别这样，在还来得及的时候，珍惜自己，也珍惜身边的人。意识到语言的力量，并且善用它。

让那个人，让那些人，陪你到最后吧。

我要这个世界，有人为我而来

夏夏是朋友圈里有名的开心果，她不是传统意义上的美人，但胜在性格开朗。笑起来的时候，脸颊两侧会出现一对甜甜的酒窝，可爱得让人心生软意。

但就是这样的夏夏，母胎单身，现在二十七岁，还没有任何感情经历。

交好的朋友们，当然都觉得夏夏是个好姑娘，值得世界上最好的男孩。但在和夏夏不熟悉的人眼里，她就是个身高不到一米五的"小矮人"，脸上有点婴儿肥，即使是化上妆，穿上高跟鞋，看上去也还是像个叛逆的高中生，没有半点成年女性的模样。

因为这个，大家好像都觉得夏夏会感到自卑，所以从来都不敢在她面前说起。其实夏夏自己并不介意，她也没有朋友想象的那么脆弱且玻璃心，她从来不觉得自己的身高或者外貌会影响到自己，她认为真正让一个人特别起来的绝不是外在的东西，这一点她非常自信。

面对朋友们的担心,夏夏总说:"没关系啊,我相信自己能等到捧着玻璃鞋的白马王子,虽然他可能没我想象中那么高那么帅,但我知道他早晚会来的。"

每次夏夏这么说,某些朋友就要深而长地叹一口气,仿佛心里暗暗猜到夏夏至今单身的原因。成年人的感情里,最忌讳的就是一方对另一半有着不切实际的幻想。大家都只是普通人而已,没有那么多时间和精力去准备昂贵又不实用的玻璃鞋,只要相处舒适就好。

也有人劝过夏夏,叫她放低标准,只要三观相合,不反感对方,哪怕一试也可。

夏夏最开始还会解释几句,后面便渐渐沉默下来。

有些底线,有些标准,有些不能退让和妥协的东西,其实最好不要为外人所知比较好。因为谁都不是你,谁都不会像你一样把那捧水含在口中,亲自去感觉冷暖。

所以,不如不言,做自己就好。

其实,所谓捧着玻璃鞋的白马王子,也只是夏夏的一个玩笑而已,她虽然看着显小,但早就已经过了做白日梦的年纪,怎么还会相信虚无缥缈的童话故事?

关于爱情,关于那个和自己相伴一生的人,夏夏从来没有过标准,她是个相信感觉的人,但有时候可能这种感觉,才是最高的标准。

如果你对爱情以钱或资产为标准，那就可能要相对把相貌、身高、人品的衡量放宽，其他标准亦然。而感觉这种东西，其实比童话故事更缺少切实的根据。有些没有来由的怦然心动，可能就恰好与大众的审美相左，让你忍不住退却并怀疑自己。

若是喜欢怪人，那自然还会存在一个谁，在你眼中非常美。

总之，能让这些继续下去的，有时恰好就只有你的自信了。

朋友们都关心夏夏的感情，生怕她初恋即婚礼，他们似乎都觉得，在结婚之前应该先谈几场恋爱，才没有辜负那大好的青春年华。有人想得深些，觉得夏夏是不是因为自己的条件没有那么好，所以觉得自卑，不敢去开启一段感情，怕自己处于劣势。

也许是因为夏夏显小的缘故，大家都有点把她当孩子带的意思，生怕夏夏想不开，轮流着约她出去，小心翼翼地开导她。

终于有一次，夏夏无奈地对朋友们说："我一点都不觉得自卑啊，我觉得自己好得很呢！我虽然矮一点，但是也没到残疾的程度吧？我上班能做得了PPT，搞得定客户，回家能洗衣做饭修水管修电表，内心强大得不行好吗？你们就别担心我啦，好好照顾自己就行了。"

朋友觉得夏夏是逞强，夏夏却知道自己说的是实话。

虽然夏夏从来没有恋爱过，但她确实也从来没有在情感的方面自卑过。对于爱情，夏夏仍有幻想，但她却从来不觉得自己的缺点会成为追求爱情的阻碍。

夏夏从来都很坦然，她没想过要掩饰自己的缺点，比如身高，

上帝造人时既然为之留下了遗憾,就是要用这个缺憾提醒你,去找一个让缺憾完整,而不是对着它指手画脚的人。

比如脸上那无论如何也没有办法消失的雀斑……从一开始，夏夏就把真实的自己袒露给了世界，她希望被她吸引的人，会爱上原本的那个她，而不是被化妆品和矜持修饰过后的她。

夏夏骨子里是自信的，她不觉得自己比别人差，她始终觉得自己只是没有等到那个"感觉对了"的人，而那个人，他总会出现的。

之前有一段时间，很多女孩子都在微博上转发金像奖影后春夏被姜思达采访时的视频。她说："我就是要这个世界上有一束光是为我打的，我就是要有一个舞台是为我亮的，我要这个世界上，有人是为我而来的，那非常非常重要。"

她说话的时候，眼神明亮含泪，非常笃定。

那一刻，春夏是自信的，她是真的觉得，世界上就是有一束光是为她打的，有一个舞台是为她亮的，有一个人，是为她来的。那种笃定的自信，其实是现在很多女孩子都需要的吧，所以才会有那么多女孩子深以为然，纷纷转发视频，以示赞同。

自信这种特质，真的是非常重要的。

人无完人，每个人都是不完美的。既然如此，我们又何必只看着自己身上的缺憾，无限地为之悲伤难过呢？

上帝造人时既然为之留下了遗憾，就是要用这个缺憾提醒你，去找一个让缺憾完整，而不是对着它指手画脚的人。

你要相信自己，你通过了一场又一场考试，走过一段又一段风雨交加的路程，不只是为了嫁或娶一个世俗传说中的如意佳人而已。

如果在那个人身边你可以让自己更完整；如果那个人让你看到更广阔的世界；如果那个人能激励你，促使你变成更好的人……如果没有，那宁愿一个人高质量地孤独，也不要两个人毫无意义地浪费时间。

这个世界上，即使在此刻，可能也有很多人在现实的压力面前质疑自己，是不是要求太严苛了，是不是该后退一步，是不是该妥协着劝自己将就一下。

而我想说，别这样，真的别。

我们生活的这个世界，也许有点糟糕，但我们一直都在努力，让它变得好一点，更好一点。在这个光是活着都已经要用尽力气的世界里，我们至少在精神层面不要委屈和将就自己吧？你要有这个自信，相信自己足够好，足够等到那个为了你而来的人。

相信我，更要相信你自己。

这个世界，会有人为你而来。

爱情是会有结局的，不爱了，或者一直爱。无论结局如何，人生短短几十年，都不该用来错过，也不该用来遗憾。

愿你深情
不负过往

*May you always be affectionate,
no regrets about the past*

Part
2

愿为你赴一场前路不明的旅途

一生至少该有一次,为了某个人而忘了自己。

不求有结果,不求同行,不求曾经拥有,甚至不求你爱我。

只求在我最美的年华里,遇到你。

——徐志摩

深夜写稿时,二木打电话给我,语气染着难以掩饰的喜悦:"老黎跟我求婚啦!"

我愣了一下,连声说了几遍"恭喜",而后百感交集。

二木和老黎是在读大学的时候认识的,她自己是北京本地人,老黎不是,两个人从大一开始一路电光石火暧昧到大三,始终难以下定决心在一起。

原因很简单,老黎不是北京人,未来也没打算留在北京发展。

老黎喜欢二木吗？喜欢。爱二木吗？爱。

但二木的老黎是独生子，从小学起就跟着父母背井离乡。在偌大的北京终于折腾不动时，父母还是回了老家发展。夫妇俩在大都市里拼搏了小半辈子，清楚地知道在一线城市生活的艰难，因此对儿子的要求十分明确：在北京读完大学后回家乡发展，早日结婚生子，在老家安定下来。

二木呢，典型的北京姑娘，家里的条件中上，也是独苗，从小被父母捧在手心里，如珠似宝地呵护着长大。不要说跟着老黎远嫁，成年后哪怕是独自出个远门，家里都是不愿意的。

两个人在一起前，老黎作为更理智、现实的一方，犹豫过，因为知道没有结果。

当时二木还残存着一点少女的天真，且被网上汹涌的鸡汤灌得两眼发黑，信仰爱情可以战胜一切，眼看着老黎想上前却又退后的步伐，委屈得恨不能作天作地。

直到有一天，老黎带着二木，以旅游为名，回了一趟千里之外的故乡。

从首都机场出发，将近四个小时的飞机，然后转乘动车、的士、班车等，抵达老黎父母家时，二木出发前精心描绘的妆容，已经斑驳得不成样子。她身心俱疲，连澡都来不及洗，便一头扎到客房的床上，沉进睡眠里。

接下来在老黎家生活的几天里，二木看见了老黎藏在眉眼里无法掩饰的爱，也看见了两个人之间确确实实存在的差异，无关家世背景、财富地位，不仅是他们之间的地域文化、生活习惯的差异，还有两个家庭之间无法妥协的距离。

回北京的时候，二木的父母开车去机场接她。

父亲高大，母亲娇小，站在汹涌的人潮里，看见拎着特产孤身返家的掌上明珠，露出欣慰又酸楚的笑意，急急忙忙地招手，叫她的小名。

二木鼻头一酸，泪汪汪地投入父母的怀抱，突然就明白了老黎临别前的话。他说："父母在，不远游，木木，我们都没有办法。"

从老黎的家乡回到北京后不久，二木在微信上敲我，问：你觉得我应该放弃吗？

我一开始没有正面回答她，而是发给她一个知乎话题的链接。

那个话题是：互相喜欢，明知没有结果，还要在一起吗？

我把其中一个让我印象最深的回答截图给她，算作回答了这个问题。

这个回答出自答友"暮色深深"，他说：

> 爱情的结局是什么呢？确立关系是吗？结婚生子是吗？白头到死是吗？都不是吧。爱情一定有结局：不爱了，或者一直爱，和在不在一起毫无关系。我爱你，不知道明天会怎么样，若现在没有吻到你，我无法过完今夜，这是我的选择。

不能免俗的，我的结论是：不要，不要放弃，要，当然要在一起。

人走出青春那场荷尔蒙泛滥的灾难后，再想对一个人心动，再想真诚而热烈地喜欢上一个人，太难了，难得超乎想象。年少时太容易乱撞的小鹿慢慢稳重起来，淡淡地站在心房里，冷眼看着人群来来往往，没有半点想挪动脚步的念头。

很多拒绝恋爱的人，大概会有相同的感受。

一颗心明明尚未老去，却已经世故得不像话，以孤独为乐，以寂寞为食。如果不是遇到那个让我怦然心动的人，就算冻死，我也不会轻易去抱别人。

在这种情况下，你问我，互相喜欢，明知没有结果，还要在一起吗？

废话，当然要在一起。

这世界上人那么多，百分之九十九我一辈子也见不到，剩下的百分之一里刨掉一半同性，再刨掉异性里一半的陌生人，认识的人里接着刨掉亲人、师长……剩下的不知道是万分之一还是百万分之一里，好不容易让我遇上一个喜欢的人，管他什么结果，我当然要跟她在一起，没什么可犹豫的。

没错，爱情是会有结局的，不爱了，或者一直爱。无论结局如何，人生短短几十年，都不该用来错过，也不该用来遗憾，遇见那个人时，趁着年轻，盛情相爱一场，足够了。

有人说，世界上最无法掩饰的，除了咳嗽，就是爱情。

二木最终还是下定决心要和老黎在一起。面对老黎的顾虑，二木充分表现出北方姑娘虎虎的特质，跟他说："知道有一天会死，总不能从现在就开始不吃饭吧？我不知道能不能跟你走到最后，我只知道如果我没有跟你在一起，我一定会后悔，你也是。"

用老黎的话说，那天的二木，坚强勇敢，像油画里一往无前的战争女神，让他终于没有任何借口用以后退，只能迎光而上，举手投降。

两个人，就此在一起。

不知道是不是因为知道两个人难有结果的关系，在相处的时间里，他们很少吵架，即使有摩擦也会很快磨合。他们精细地规划着恋爱的日程，亲吻，拥抱，一起旅游，一起做饭，一起为对方制造每一个难忘的记忆，不肯浪费一分一秒。

大学毕业后，老黎开始读研，二木则选择了工作。

一直觉得两人不会有结果的二木其实没有想过未来，一心只想珍惜当下。让她没想到的是，老黎竟然说服了父母，返回北京定居。在那些二木尽力只想珍惜当下的时间里，老黎就像一只勤勤恳恳的工蚁，忙忙碌碌地叼着材料拖到二木身边，耐心地筑起了一个小小的窝，然后，才敢伸出双手，羞怯地向心爱的女孩子捧出自己热乎乎的余生。

二木一直觉得，爱情没有捷径，过程大于结局。

对于她来说，爱情就像从北京去老黎家曲折的路途，没有直达，有点颠簸，有点疲倦。但是啊，飞机外的云很白，动车外的风景很美，的士司机很逗趣，班车上老奶奶给的板栗又热又香，来车站接她的黎爸黎妈笑容温柔热切，羞涩又可爱……

诚然，路途遥远，但真实又快乐，因为在身边的是自己深爱的那个人。

这世界上从来不存在所谓的捷径，那些旁人口中不那么辛苦的路，很有可能会换来更大的辛苦，爱情是这样，工作是这样，生活也是这样。

成为预备役黎太太的二木跟我说："现在回想起决定跟老黎在一起的那一天，就是我人生中最普通的一天，起床，刷牙，抱怨昨天睡得太晚，迷迷糊糊地上课下课……没有什么特别的，只是牵了一个人的手，甚至没想过那双手、那个人能陪我走多久。"

"很久之后回头去看，那天还是那么普通，却是我人生中最大的一个转折，更是后来我和老黎所有柳暗花明的源头。"

二木的笑容幸福又灿烂，看不出半点路途中的疲惫和忧伤。

其实感情就是这样吧，之所以叫感情，因为出自感性，没有逻辑可言。

世界上没有结果的事情很多，不是每一对爱侣都有走到白头的机会，但仅仅是因为这样，你就能以注定分开为理由去扼杀一场开始吗？没有去试，没有咬着牙去走，你怎么知道你人生中某个普通的一天，不会成为你人生的转折，不会成为你柳暗花明的源头？

徐志摩说,一生至少该有一次,为了某个人而忘了自己。不求有结果,不求同行,不求曾经拥有,甚至不求你爱我。只求在我最美的年华里,遇到你。

人生哪有那么多直达的列车,那些所谓让你"少走弯路"的人生经验,实际上到底让你少走了多少弯路?这世界上没有人不想抄近路,但有时候你只能选择一些更"辛苦"的路,才能看见更美的风景,才能遇见更有趣的灵魂,不是吗?

也许,有些路你走不到最后,有些人跟你注定走不到白头。

但不试试,怎么知道到底能不能走到最后,到底能不能白头偕老呢?即使真的走不到最后,即使真的无法一起白头,但能相遇一场也很好啊,能短暂地拥有你,与你同行也很幸福啊,更不用说在最好的年纪里与你相爱一场,那更是莫大的荣幸啊。

海底月啊是天上月,眼前人啊是我的心上人。

我愿为你忘记自己,只身赴一场前路不明的旅途。愿你我举灯同立,照亮彼此,让我们人生中最普通的一天成为今后柳暗花明的源头,奔向日后的幸福。

不论后来的我们在不在一起。

没有去试,没有咬着牙去走,你怎么知道你人生中某个普通的一天,不会成为你人生的转折,不会成为你柳暗花明的源头?

一辈子太长，别将就去爱

有一次，我一个人去东京旅行。在抵达的那个晚上，跟一位许久未见的老朋友相约，在她家附近的一家居酒屋里喝酒聊天。那家居酒屋小巧却很精致，旁边种满了樱花树。朋友说，每当樱花盛开的时节，她几乎天天都会光顾这里，无论心情好还是不好。只不过，她都是一个人来。

记得那天晚上我们一直聊到很晚，谈天说地，回忆青春，分享国内外的各种境遇，最后在聊起彼此的近况时，还是免不了又扯回到爱情和婚姻上面。

知道她至今依旧单身，我突然就很好奇地问她："你能跟我说说，单身久了是种什么感觉吗？"

她坐在我面前，一只手托起下巴，略带微醺地喃喃说道："就是会，偶尔羡慕情侣，又偶尔庆幸自由。常常有时间秒回信息，却没有一个可以秒回的人。你洗了头、化了妆，也不知道该给谁看。

甚至有时候看到别人出双入对，便会在心里暗暗感叹，自己大概这辈子都不会再遇到个合适的人了吧？"

"那你为什么还不赶紧找个另一半啊？不要跟我说你真的找不到……"怕她敷衍我，就先给她打了个预防针。

"就是因为不想将就呗！"说完，她傻笑着拿起面前的那杯清酒，一饮而尽。

其实，我跟身边很多单身的同龄人都聊起过这个话题，有百分之八九十的人都是这么回答的。那么，"不想将就"就代表不想谈恋爱吗？应该不是吧。或许是我们越来越明白一个道理：合适，并不代表就是爱情。

这让我想起了公司最近新来的同事里，一个叫小普的男生。

小普年龄不大，刚毕业没几年，一米八多的个子，看上去干净阳光，待人接物也有礼貌。而且我们公司效益还算不错，他的收入也比较可观。可以说这个男生即使不算成功人士，起码也是经济适用男了吧。这样的男生，在这个年纪，按理说应该挺受欢迎的，那他怎么还一个人租房子住呢？

小普来的第二个周末，同事们组织聚餐，最后大家散场回家时，已经是夜里十一点多。站在餐厅门外等车的空隙，我就问他："你没有女朋友吗？"

可能是我这开篇太直白，他先是愣了一下，接着回答："有啊！"

原来，小普的女朋友知遥是名中学的语文老师。她还有个在上大学的妹妹，而她的父母都在老家县城，收入也不多，于是妹妹的学费大部分是知遥负责的。小普说，两年前，他和知遥是在一个朋友的聚会上相识并走到一起的，如今他们已经到了该谈婚论嫁的时候，但是就在他们要订婚的前两天，两家人却彻底谈崩了。两边都想按照自己的意愿来安排，女方希望男方买房，并且要了十几万彩礼。男方觉得买房的要求无可厚非，买完房之后经济上可能会稍微紧张一些，何况以后还有买车、还贷款、养孩子的压力，所以就想让女方在彩礼上稍微做个让步。结果谁都不想妥协，双方竟然就这样僵持着，最终选择了保持恋爱关系却各自独立生活的状态。

一直以来，他们经常会因为一些生活里的琐事吵架，然后不欢而散。两个人都不想为对方做一些让步和妥协，所以总是以冷静一段时间的方式结束争吵。

小普颇有些无奈地跟我说："都到了这个年龄，爱情对我来说已经没有那么重要了，在一起两年多，也习惯彼此了，如果再去找一个人适应的话又需要很长时间，万一最后再不合适，时间不是都这样浪费了吗？那还不如现在这样，将就着生活也没什么。你说对吧？"

小普的这种想法我也不是不能理解，只是担心或许真有那么一天，万一他们中的任何一方遇到了更合适的人，然后就选择分手也未可知吧。又或者，双方都可以换个角度多为对方考虑一些，彼此间的相处应该就能多一些温暖少一些抱怨，不是吗？

我一直很喜欢电影《剩者为王》里的一段台词：

其实可以倒着想吧。有的人不喝牛奶，有的人不吃淀粉，有的人不穿皮草，就会有人不谈恋爱啊，也不是必需品啊，何必额外谈个恋爱呢？还要冒险，冒着把人生的品质从九十九降到零的风险，算了吧。

的确，很多人所谓的"不谈恋爱""不想结婚"不过是不想把自己原本九十九的生活降到五十甚至是零。与一个自己并不怎么爱的人将就着过日子，也许有的时候过得也还算舒服，只是夜深人静时，心里也一定会有些许的孤独和不甘心吧？

我曾经出于机缘巧合认识了一个朋友。

她的家境一般，家里人希望她研究生毕业后可以回到家乡去，因为在那个小城，凭着她的高学历和条件可以找到一份待遇不错的工作，然后再和一个条件也同样不错的人相亲、结婚、生子。似乎很多人的人生都是这样走过来的，继而过着平淡、稳定却又千篇一律的日子。

可是她偏偏不想按照这样既定的轨迹去生活，自然也不想在这样的轨迹上找一个和自己追求不同的人共度一生。

毕业以后，她选择留在了北京，而后一个人单打独斗闯天下。说不苦不累是骗人的，她内心也有过纠结和挣扎，但最终还是坚持了下来，做自己感兴趣的工作，有着充实的生活。

春节我再见到她的时候，她告诉我，她要结婚了，对象是她

/

你最终要嫁的是爱情和心安,

他娶的是爱情和期待,

两个人彼此托付的是爱情,

而不是被世俗的目光所逼迫的年龄,

更不是因为害怕浪费时间而衍生出的妥协。

读研究生时的同学。他们是在公司举办的活动上偶然遇到的，于是就互相留了联系方式。聊着聊着竟然发现，原来彼此有那么多的共同话题，竟有些相见恨晚的感觉。她说，上学的时候，自己的心思几乎都花在了学习和找工作上，后来又想方设法在这个城市生存下去，根本就没有时间在意其他同学，这次熟悉以后才发现，他竟然这么的有趣。

  因为是自己喜欢的人，因为清楚他是自己认定的人，所以根本不用犹豫，就是他了。

这是她后来在朋友圈里写下的一句话，我从她的字里行间就能感受到她的幸福和满足。

"人活着不都是这样结婚生子过一辈子吗？"我想我们这个年纪的人应该很容易这样想吧？尤其是看到身旁的同龄人陆续有了各自的小幸福，而自己却只能一个人下班回家，无论心中是烦恼还是快乐，都没个人可以与之倾诉，这时的你就会很容易动摇自己的内心吧？心想，要不就将就一下？哪怕自己也不是很喜欢呢。

可这并不是你心里最真实的向往，它也只能算是在你脆弱的时候，一种不知所措的慌乱罢了。

我们不该因为选择了结婚而内心惴惴不安，而应该因为选择了结婚而让自己对未来更加憧憬。甚至是以后的生活，因为有了对方才变得更加心安而美好。所以，你最终要嫁的是爱情和心安，他娶的是爱情和期待，两个人彼此托付的是爱情，而不是被世俗的目光所逼迫的年龄，更不是因为害怕浪费时间而衍生出的妥协。

现在还在单身的你啊，真的可以别那么着急地将就去爱。可以再耐心地等一等，等等那个真正属于你的人出现，他也许就在不远的将来，也许就在你的明天呢？当有一天，你真正遇到了那个对的人，你就会感谢自己，没有因为寂寞和孤独而失去最初的自我和坚持。

我一直都很信仰这句话：恰好遇到你，尔后余生全是你。

能够握紧就别轻易放手

元旦的凌晨,朋友给我发来新年的祝福,然后聊起她下午一个人去看了场《前任3》的事情。

她说,《前任3》真的挺让人揪心的,好多人一个人去看,然后在电影院各哭各的,大概都是有故事的人吧,借着电影发泄自己无处安放的情绪。

朋友说,电影结束后,她在车上待了足足十几分钟,车里还循环播放着电影里的片尾曲《说散就散》。她忍不住感叹着,其实生活中的感情和电影中的情节是有很多契合点的,可最后,前任终究还是前任,错过一定还是错过。

因为两个人总是一个在等对方挽留,一个认为对方永远不会走。

有个现象很有趣,在豆瓣上有一个人数超过八万的小组名叫"我有极品前男友、前女友!"。小组里经常有人吐槽自己的极品前任,但奇怪的是,在平常生活中大部分普通人会经历"传说中的奇葩前任"的概率并没有那么高。

而一向自认为是恋爱大师的田羽生导演用三部电影讲完了他对"前任"的理解：第一部是讲前任对现任的冲击，在感情基础还很脆弱的时候，彼此不够信任，现任就容易变成前任；第二部是讲男女恋情中的"备胎"；第三部就是讲恋人是如何变成前任的。

在朋友的强烈推荐下，我也买票去看了这部电影。刚开场的时候，所有人都笑得前仰后合，看到中间的时候，脸上的表情开始慢慢地凝固，甚至是愣住、沉默，而到了最后，在《说散就散》的BGM[1]响起的瞬间，似乎无形中有根刺在直戳心脏，隐隐作痛，好多人已经视线模糊了。

有人说，电影是一种对现实生活的夸张演绎。

可是我想说，生活远比电影里的剧情还要狗血波折，无可奈何。

有的情侣第一次分手，两个人就真的说散就散；有的情侣哪怕吵着分手一万次，兜兜转转后还站在彼此身边。

有人觉得，最好的爱情是势均力敌的，正如《简·爱》里那样：

> 爱是一场博弈，必须保持永远与对方不分伯仲、势均力敌，才能长此以往地相依相惜。因为过强的对手让人疲惫，太弱的对手令人厌倦。

---

1 指在电影、电视剧等影视作品中，作为背景衬托的音乐，通常是无人声的。

余飞和丁点,不光势均力敌,甚至可以说是棋逢对手。

两个人的"分手"更像是恋爱中的一些小插曲,彼此不过是在借着吵架的壳,撒着思念的娇。仿佛一段时间的分开和冷战,只是给两个人平淡的恋爱过程中增添些许情调和波澜。但是不管如何吵闹,如何争执,却总是狠不下心绕开对方为自己画的那个圈。每一次嘴上念叨着所谓的了断,也只是给对方一个台阶,给自己一个见面的理由。然而了断过后,却是日后更加紧密的相连。

相反,孟云和林佳五年的感情却没能经得起考验,最终在一次再普通不过的争吵中默默地分开、分居、分手。一段感情要想结束真的很容易,可能因为一点自己都想不起来的小事,最后竟到了不可挽回的地步。电影开头的五分钟里,不知为什么吵起来的两个人,谁都不肯低头,等着对方来道歉,固执地认为先低头的那个人就输了。可是爱情里,何来输赢呢?

这一次韩庚饰演的孟云不再像第一部中那样招蜂引蝶,他慢慢归于安定,事业也开始小有成就,但与林佳之间五年的感情却令人惋惜。我是真的不太相信,两个彼此深爱的人在分手后能控制住自己不联系对方,既然事实如此,那大概就是因为不够爱了,谁也不愿意做先妥协的那个人了。

电影里,王梓说了一句话,让我感触挺深的。她说:"我总觉得自己像捡了一个大便宜,是林佳把你变成这么好的。"

是啊!林佳用了五年的时间教会孟云如何爱,如何照顾女生,最后陪在他身边的却不是自己。

孟云也说，他的出现就是为了陪林佳找到对她好、会花很多时间陪伴她的人。而林佳的出现，就是为了给孟云上一课，让他成长。

只有紫霞真正离开了，至尊宝才能成长为孙悟空。

我想起曾经看到有个女生在分手后，发帖不甘心地说道：

我努力让他变成了更好的男人，让他知道在女生生病时不能只说多喝水、早睡觉，而是有实际行动地送饭喂药，最后却是为他的下一个女朋友省了很多时间。

现在看来，这个说法多少有失偏颇吧。因为在一段感情中，两个人一定都能够有所成长。就像电影里，林佳陪着孟云度过了最开始的创业艰苦期，一起吃泡面是最真实的细节，省吃俭用，只舍得看周二的半价电影是最甜蜜的生活。创业时聚少离多，会疏于关心对方也是真的，林佳的确让孟云慢慢变得更好，但长时间在一起，恋爱的倦怠让两人完全忽视了彼此内心真正渴求的生活。最终，洋溢着青春气息的女生出现，让孟云重新找回了年轻时那种活力四射的时光。温柔体贴的老同学的出现，也让林佳体会到了孟云对自己缺失已久的照顾与陪伴。两个人一同走过最艰难的日子，却无法共富贵，是电影故事中留下的遗憾，也是生活里很多人都会经历的现实。

有些人在感情中没有挫折和遗憾,
那一定是因为,在爱的时候,留住了爱;
在可以珍惜的时候,学会了珍惜。

你也许会希望自己的爱情，不要像电影里演的那样，明明相爱，却错过了。也会不自觉地想象着，如果能回到过去，如果没有遇到他或她，如果没有彼此一起经历的那段时光，如果遇到的是另外一个人，会不会有不一样的结局。可是即便再给你一次机会，哪怕遇见一个非常完美的人，如果你不知道怎样去爱，依然不会有好的结局。正是因为有这些不完美和遗憾，你才会渐渐明白，没有任何一次遇见是可以重新开始的，而你遇见的，其实就是最好的。爱要用很多种方式来维护，有时候要卑微，有时候要付出，有时候要想念，有时候要表达。因为爱，所以一切的妥协和改变才有意义。如果有些人在感情中没有挫折和遗憾，那一定是因为，在爱的时候，留住了爱；在可以珍惜的时候，学会了珍惜。

别离是人生的常态，前任和现任的故事依旧每天都在发生，但你的身边如果有值得珍惜和想握紧的人，千万不要让尊严和骄傲盖过你对对方的不舍和爱。成长就是一个不断失去和得到的过程，我们不仅仅要接受失去和遗憾，也应该学会如何去爱。感情里没有多少机会可以拿来浪费，只要在一起，就请抓住眼前的幸福，愿你不再有遗憾，不再有错过，不再那么骄傲，那么倔强。

对的爱情，
不会让你觉得自己很差劲

大星是我多年前老邻居家的小女儿，因为我年长她一些，大星一直把我当成大哥哥，向来对我敞开心扉，无话不说，包括感情上的一些经历。

说到感情，大星可以说是个在感情里非常没有安全感的人。

没有安全感到什么地步呢？明明是聪明能干身材好的白富美，却偏偏总是觉得自己低人一等。无论面对的是朋友还是喜欢的人，都能卑微到尘埃里去。

前阵子大星和我说，她喜欢上了一个男生，跟她同校同届。在朋友的鼓励下，大星很委婉地跟他示好，但是男生没有立刻回应她。大星瞬间就打起了退堂鼓，在微信里不无后悔地跟我说，都怪朋友撺掇，否则也不会把局面搞得那么尴尬。

但以我这个男性的目光来看，那个男孩子可能根本就没有领会到大星的示好，因为大星的示好实在是太委婉，也太慎重了。怎么说呢，大星对他小心翼翼的程度，甚至让我一度有种那个男孩子富过马云、帅过金城武的错觉。

他们在一起之后，我也见了那个男孩子。

的确，男孩子高高瘦瘦，相貌也足够帅气，但却绝对没有帅到让大星卑微到连打个电话、发个信息都要考虑许久的程度。也许是因为被倒追的关系，即使是在大星的朋友面前，男孩子仍然是矜持的，神色淡淡，有种说不出的倨傲感。

我和在场几个年纪稍长的人面面相觑，心里都有了种不祥的预感。

果然，在往后的日子里，大星迅速沦为了那个男孩子的半个妈和保姆。和大星认识的人都说，从来没见过大星对谁这么上心，她甚至在男友的要求下，拉黑了所有异性好友的联系方式，不穿短裙，不化妆，不烫发染发，出门前必先报备，到家后一定会先跟男友视频……

后来我在街上偶遇过大星一次，她正在陪男友逛街，原本衣着普通的男孩子壮了些，在新发型的衬托下看上去帅气了许多。而大星则素面朝天，一身T恤配着牛仔裤，手里拎着几个装了衣服、食物的袋子。无论是脸孔还是精神状态，半点没有以前小公主般的精致美好。

我看了大星半天，没敢认，而先看到我的大星，也迅速挪开了目光。

后来，大星托我们共同的好友向我道歉，说她男朋友不喜欢她在公共场合和别的异性打招呼聊天，所以那天才假装没有看见我，让我不要介意。

作为她朋友圈里的异性，我早在他们恋爱初期就被拉黑了，因此也没有什么介不介意之说，只是一笑而过，并没有放在心上。可来传话的好友却实在忍不住，多说了一句："大星可真是被那个男孩子吃得死死的，也不知道被灌了什么迷魂汤，你都不知道，她现在跟古代的裹脚妇女比，也就是一对三寸金莲的区别。"

她义填愤膺，我只能回道，大星开心就好。

好友没好气地发了条语音过来："开心什么啊，你知道那个男的怎么跟大星说吗？说不想异地，让大星不要考外地的学校，让她跟他在本学校保研，或者出去工作。北京的那所大学多好啊，据说大星刚读本科时，就想着去那所学校读研了，最后居然也听了那个男生的话，要放弃了！大星简直是魔怔了，你说她是不是傻？"

这我倒是没想到，想了很久，拨通了大星的电话。

大星接得很快，她似乎也料到了我打电话的原因，在电话那边低声哭泣着，说不出一句话来。大星哭完后，才跟我说，从恋爱之后，她不仅没有得到预想中的幸福与甜蜜，反而像是背上了沉重的负担，每天都在失眠。每天睡前和醒后的第一件事情，都是在质疑自己，质疑自己怎么会是个那么差劲的人，总是让她爱的人失望。

我心情复杂地回了一句:"你有没有想过,也许你总是让他失望的原因,是他根本就不爱你呢?因为不爱你,所以才不心疼你,所以才假装看不见你的不快乐。大星,他只是想控制你。"

因为你太好了,太优秀了,他心知肚明自己没有办法达到你可以达到的高度,所以他才只能用情感来控制你,把你拉到他的舒适区。一段好的感情,应该是舒适、甜蜜和幸福的,可以让你克服自己的卑微、恐惧、犹豫和软弱,让你变成一个更好的人,而不是撕扯你,逼迫你,禁锢你,让你活在只有他的世界里,寸步难行。

真正爱你的人,会希望你在见识过世界的广阔后,仍然最爱他。

那天我和大星在电话里聊了很久,挂断电话后,她瞒着男友去报了北京那所大学的研究生。然后去考试、面试,最后直到要去导师那里报到时,才和男友摊牌。

面对男友的怒不可遏,大星没再妥协,最后两人大吵一架,场面难看地分了手。

大星独自去了北京读研,也重新加回了异性好友们的微信。因此,我才有了这个机会,亲眼见证,这个被感情生活摧残得几乎面目全非的女孩子,一点一点地站起来,从离开时阴郁又沉默的样子,慢慢变回了那个精致又美好的明朗青年。

后来,她在北京遇上了那个对的人。

他影响她从浮躁变得沉稳,教她学会坚强也学会拒绝,让她一点一点地充盈起来，不再总是卑躬屈膝地去乞讨别人的善意。而他也从她身上学到了温柔和体贴，变得更会照顾别人的感受，学会偶尔释放一次自己的天真和大胆，只要能更快乐一点。

看着大星和新男友的合影，我突然就懂了一段积极且正面的感情，会对人有怎样的影响。

人，生时是一张白纸，却不可能永远都是一张白纸，你的家庭、经历、环境都能在白纸上涂上色彩。我们都有各自的独特之处，但我们也都只是个普通人，我们没有办法挣脱社会和群体的牢笼，只能在红尘中摸爬滚打，学着去爱，学着被爱。

爱情无疑可以放大一个人身上的美好，但我们终究只是平凡人，会有不完整和不完美的地方。我们身上都有各种各样的缺陷，爱情让我们互相包容，互相完整，而不是一开始就要求对方是个完美无缺的人。

一段好的感情，会让感情的双方成长，而不是一方被一方压制，没有丝毫还手之力。

其实年纪越长，我越觉得，评价一段感情好坏的标准，可能并不是双方的相貌、家世、三观，甚至不是所谓的"结局"，而应该是你在这段感情里，有没有因为那个人而学会什么，理解什么，宽容什么，然后变得更坚强，更豁达，更勇敢。

我一直很喜欢美国的一部电影《怦然心动》。很多人知道它，都是通过微博上盛行的一段台词的译文：

真正对的爱情,
它会让你成长,会让你变得很勇敢,
勇敢到为他战斗,也不怕他会离开。

没有任何相遇是奔着分开去的，
不爱了，就认认真真地告别吧。

> 有人住高楼，有人在深沟，
> 有人光万丈，有人一身锈，
> 世人万千种，浮云莫去求，
> 斯人若彩虹，遇上方知有。

而我最喜欢的却是男主角面对自己感情的那一刻，勇敢说出自己内心真实想法的一幕。他承认了自己的狭隘和偏见，因为女主角，他撕掉了面具，不再害怕别人的嘲笑，而是选择了面对自己的心，然后跟随它的指引，最后，抓住了那个如彩虹般绚烂的人。

值得你坚守的感情，会让你放下一些，拾起一些。它不会让你觉得自己很差劲，配不上喜欢的人，不会让你感到不舒适、不自由、不快乐。

如果你在一段感情里总是觉得卑微，总是觉得不被重视，不被疼爱，那只能说明这根本不是一段好的感情，至少是一段根本不适合你的感情。

真正对的爱情，它会让你成长，会让你变得很勇敢，勇敢到为他战斗，也不怕他会离开。也许直到那个时候，你才会有足够的安全感，才不会觉得像飘浮在空中一样，总想抓住什么，而是拉着那个人的手，心无旁骛地相互扶持、相互依偎到最后。

分手前,让我们好好说再见

前段时间,参加高中同学的聚会,见到了许久没见的老同桌陈希。

她瘦了很多,曾经饱满的双颊凹陷下去,衬得那一双安静的眼睛更为悲伤。大家都在相互寒暄,只有她一人默默地坐在一旁,失落的眼神流连在窗外车水马龙的热闹大街,似乎想流泪,又默默克制住了自己的情绪。

我上前坐在陈希身侧,她看了我一眼,笑了笑。

聚会结束后,我们一同在街头散步,陈希轻声跟我说,她和他分手了。

那个"他"的身份无须多言,大家也都认识,他是当年比我们高一级的理科班学长,据我所知,他们已经相爱多年,从高中、大学一直到现在。其实我已经在席间听到了这个消息,所以并没有表现出特别惊讶的情绪,只是默默地点了点头,没有说话,任她倾诉。

陈希流着泪，继续说道："其实他可能早就已经厌倦我了，我也早就已经做好了有一天会分开的心理准备……可是我真没想到，他会直接离职，连工作都可以不要，直接收拾好自己的东西，就那么走了。那天我们刚吵过架，我们以前也吵过的，我以为我们总会和好，但是他这次就这么走了，最后连个分手都懒得跟我说，就这样消失得干干净净、无影无踪。你说他是不是有点过分？其实我难过的并不是我们不适合了，最后分开。我难过的是，我们在一起这么多年，他竟然就这么不明不白地走了，对我毫无留恋。"

此刻，我突然不知该如何安慰她，难道跟她说这样的渣男不值得她去想去难过？似乎不太合适。难道跟她说，她应该主动把他找回来跟他说个明白？似乎更不适合。甚至也不能擅自给她一个拥抱，所以，只能陪着她坐在长街边，默默无语，让她自己说个痛快。

那天晚上，我把陈希送回家，回程的时候经过了我们的母校，我看着那片装满他们回忆的建筑群，心想，有时候，一个不再爱你的人，是会这么残忍。

陈希说："我其实想过我们终有一天会分开，唯一的期望只是分开的时候，我们都能郑重一点，体面一点。"

我明白她的意思，内心却悲哀到不敢多说什么。

2014年《后会无期》上映的时候，记得电影最后，浩瀚一边开车，一边对江河说：

结尾我已经给你想好啦，跟人告别的时候，还是得用力一点，因为你多说一句，说不定就成了最后一句，多看一眼，弄不好就是最后一眼。

好像在感情里，所有比较认真的那一个，都希望即使两个人走到尽头，也能有个郑重的分手，足以慰藉曾共同挥霍过的青春。

但也好像，世间男女关系中，很少有这样的仪式吧。

多数时候，有些人会选择大吵一架摔门而去，从此再无联系。有些人又会选择纠缠到绝望，就此默默淡了联系。甚至有些人电话不接、短信不回，借此逼迫对方先提出分手。

总有一方先开始，渐渐冷淡，不再愿意付出感情，另一方察觉到之后，百般挽回却无法改变对方的态度，所以他会愤怒，会不甘。一方冷漠，一方被怒气冲昏头脑，于是开始争吵，开始纠缠。感情里的细节被一点一点地翻出来，两人之间的温情消失，只剩下面目丑陋的彼此。

两个人的关系快要走到尽头的时候，陈希像大多数陷入感情里的女孩子一样，也有过深深的困惑。

她说，明明开始的时候，他们不是这样的。他很温柔，也很有耐心，牵着她的手，走在人潮如织的街头，听她说每一个他陌生的话题。他们在每个夜里聊着天，说着无聊的话题，对着手机屏幕的亮光傻笑，无论怎么样，都是幸福的。

但是后来,曾经热烈的关系变得平淡。他不再关心每一个大大小小的纪念日,不再有耐心陪陈希逛遍大大小小的商店,不再关心陈希今天是不是开心,是不是遇见了有趣的人或事。而陈希也开始赌气,不再愿意为他留着房间的灯,不再愿意深夜起床为他煮一杯牛奶,不再愿意和他一起描绘可能会有的未来。

泪流尽后,陈希对我说,那个时候她才知道,那个台湾歌手在歌里唱的词句都是真的……我们躺在一张双人床上,心却向两个方向走去。

那天回家后,我难得地失了眠,深夜刷微博的时候,看到了一个视频。视频里是综艺节目《奇葩说》的一场辩论赛,主题是:分手应不应该当面说。

看完视频已经凌晨两点多,屏幕变暗的时候,我突然产生一种被击中的心酸。

分手到底应不应该当面说?很多人都是想的,想有一个盛大的闭幕式,想有一个郑重的告别,想为自己付给那个人的青春画一个完整的句号。可是大多数时候,我们都是那个没有勇气的人,缩在各种社交软件后面,几句话、几个字,就结束了一段感情。

是的,这样的分手无疑是懦弱的,但很多面对面的分手,难道就会如我们想象中那么体面吗?

两个人中,总有一个人会失态,会泪流,会泣不成声。

为什么?因为爱过。

因为爱过，所以会质问，会愤怒，会悲哀，会没有办法礼貌又克制地约法三章，规定彼此在今后的日子里，不再见面，不再联系，不再纠缠。

就像邱晨最后在节目里说的那样，但凡我们有冷静坐下来的勇气，都应该用来在一起，而不是用来分开，用来看着对方的眼睛，说"我不爱你了"，说"我们分开吧"。

那对于已经不再被爱的人来说，太过残忍。

感情里面，要体面地分开，总是很难。

在一起的原因只有一个，是喜欢或爱，但分手的原因，却可以有千千万万个。

我们都是凡夫俗子，在红尘里打滚，也许都没办法体面又优雅地结束一段感情，但这却绝不是我们不认真与那个人告别的理由。

无论你是当面说出口，还是用电话、微信……我想，形式其实真的没那么重要，重要的是，你要好好说再见。

不要冷漠地逼迫对方说分手，不要毫无预兆地一去不回，更不要纠缠撕扯谁在这段感情里付出得比较多……你知道他爱过你，你也知道自己爱过他。你们之间的那些快乐是真的，幸福是真的，曾想一起走到地老天荒也是真的。

也许有一天你们已经不再像当初那么爱彼此，你们有了各自想要去的方向，有了另外想要共度一生的良人。但是你别忘了，你曾爱过这个人，你们也有相爱过。在你给自己自由之前，在你走到另外一个人身边前，这个还在你身边的人，值得你说一句认真的再见，值得你谢谢他让你成长，值得你记得那些过去的日子，即使你们没机会走到最后。

所以，当不当面，真的不重要，重要的是，认真地告别。

没有任何相遇是奔着分开去的，不爱了，就认认真真地告别吧。郑重地开始，郑重地结束，这是尊重对方，更是尊重自己。

这一次，分手前，让我们好好说再见。

你只是失恋而已,
别辜负了更好的风景

十六岁的时候,你可能会喜欢班里阳光善良、笑起来暖暖的白衬衫少年,课间休息的时候会有意无意地经过他的座位,通过好友多方打听来他的 QQ 号,然后开始了自己懵懂的暗恋。

后来你们终于在一起了,走过一段轰轰烈烈、甜到掉牙的初恋,再后来因为年轻或者是根本不懂得如何去爱,你经历了第一次失恋。

那时候的伤心来得快去得也快。自己躲在被窝里天昏地暗地哭几次,跟朋友去 KTV 吼几首声嘶力竭的失恋情歌,删掉他所有的联系方式,从笔记本里划掉他的名字。然后暗暗发誓跟那个人老死不相往来。过了一段日子,你就真的渐渐淡忘了,一切重新开始,你仍旧还是那个顶天立地的怀春少女。

二十岁的时候,你也许已经跟大学的男朋友在一起两三年了,毕业的那一刻，为了各自的梦想，或者各种各样的现实原因，你们终究没有坚持下去，终究没有逃过"毕业就分手"的魔咒。

那时候失恋了，约上闺蜜出门旅行一次，或者去参加聚会，认识新的朋友，在深夜里痛哭一场，第二天又是生龙活虎的自己。

而三十岁的周子跟我说："我也想谈恋爱啊，可是我再也不想分手了。"她说，那种全心全意付出却无果的爱情让人绝望。

周子以前的男朋友是一个艺术生，他追求浪漫、追求完美，他常常为周子画画，然后周子早上醒来的第一眼总能看到惊喜。

男朋友对周子说："周子，我爱你，你是我见过的最美好的女孩。"

因为认真地喜欢一个人，并不擅长手工的周子，一针一针，花了一个多月给他织了一条围巾。

那时候的周子也好喜欢他。

后来慢慢相处久了，他们之间的小矛盾和小摩擦不断，彼此又都是骄傲的，谁都不想做先低头的那个人。久而久之，冷战就成了他们处理问题最常用的方式。渐渐地，对方与周子的联系不那么频繁了，发消息也经常不回，打电话也在逃避。周子晚上想他想到睡不着，每天醒来枕巾都是湿的。有一天晚上，周子很难受，给他打电话，他直接就挂断了，然后关机。那一刻，周子的心彻底冷了。

周子忍不住对他说："我们分手吧。"

他说："对不起，你太好了，而我配不上你。"

周子心想：我太好，为什么你不喜欢我？我太好，我并不介意你不好啊？最后，周子还是对他只说了一句："没关系，反正人山人海，边走边爱嘛，祝你幸福。"就这样笑着说完，潇洒离开，然后躲在无人的角落里，哭到力竭。

是啊，在这个世界上说不出口的话实在是太多了：你能不能陪我去？你能不能留下来？你对我很重要。你可不可以不要走？但是，最后我们哽咽着说出来的却都是：没关系，我可以的。你走吧，我一个人也可以生活得很好。

周子意味深长地对我说，爱一个人的成本太高了，要耗上大把的时间和精力，如果到头来，那个人根本不值得，那你做的这些就都是虚无，也得不到任何回报。

有的人能遇见另一个人，然后慢慢忘记以前的伤痛，就好了。而周子把自己封闭起来，然后再无关风月，慢慢地也好了，只是她再也不想重来一次了。

我是特别理解周子的。最开始，以为对方是自己人生里最不能错失的那个唯一，后来发现，这只是个伤人的误会而已。可换个角度想，失恋并不一定是坏事，熬过了那段日子，你便能更清楚地看到自己的内心，会更宽容自己，也更宽容另一个人。谁都害怕失恋，有的人可能还会遇到几个人渣，又或者会经历几次爱而不得，然后辜负几个人，错过几个人，在爱情里摸爬滚打许久，最后才遇到那个真正契合的人，给自己一个归宿。

感情从来都需要越挫越勇,那句话怎么说来着?不能因为大海淹死过人,我们就不敢再去看海。

就在周子给我讲了她失恋的事之后没多久,之前在豆瓣同城群里认识的一个朋友,也突然给我发消息说,周子决定辞职去别的城市,开始新生活了。

从分手到现在,整整两个月,原本以为她会在失恋这个状态里很久,现在看来,她已经开始慢慢地恢复。

记得她说,自己刚失恋没几天的时候,又重新看了《失恋33天》那部电影,认真听着大老王说的那些话,仿佛也在劝诫自己一样。可一段过往,就像舍不得丢的心爱物件,宁愿拿着它站在原地大哭,也不想丢了它往前走一步。虽然有人在旁边劝诫着你,但你就想流干所有的泪,算是当作对这份爱的祭奠吧。就像黄小仙理直气壮地顶撞大老王:"我长这么大,就没有一点悲伤的权利吗?"她一方面觉得失恋很痛苦,一方面又有些害怕这段感情最后会被时间淹没。整个人都处在崩溃的状态,什么工作计划,什么生活目标,全都崩盘了。但崩溃过后,她开始学着在这场告别中独善其身,给自己留点力气看看外面的世界。换了工作,不再一个小时一个小时地发呆,投入地享受着当下,哪怕是一个人的日子。

对爱情,她不抱过高的期待,但也永不丧失信心。电影里的那句话说得很对:

> 市面上的好青年还有很多,一定有一个人幽默而不

做作，温柔而不咸湿，相貌不用多端庄，但随便一笑，便能击中我心房。

失恋了，可以一天刷他的朋友圈几十遍，有意无意地打听他的消息，但是你也要慢慢开始去做自己喜欢的事情，越来越爱自己。失恋的日子，丧就丧一点，给身体放个假，因为时间会让一切都慢慢好起来的，它真的是再好不过的良药。

然后在下一次遇见爱的时候，敞开一个更好的自己，接纳那些不期而至的遇见。

好的爱情，从来不需要委屈自己

乔乔是我的同事，认识她时，她是个恬静的女孩儿，大多数时间都在默默无闻地工作。只是偶尔聊到她的男朋友时，她的眼睛里会闪着不一样的光亮。

他是一名工程师，是乔乔的大学同学，才华横溢，阳光俊朗，从上学到工作，一直都优秀得让人赞叹。

如获至宝的乔乔，愿意拿出自己全部的精力来爱他，生活中，对他关心照顾得无微不至。乔乔甚至都想好了，等将来自己跟他结婚之后，就安心在家做个贤妻良母，她可以放弃自己的一切，心甘情愿，全力以赴，去做他背后的那个女人，支持并帮助他去实现他的一切理想。

听上去，他对乔乔也是体贴关心的。只要有时间，就会来我们公司楼下接她下班。出差回来的时候，从不忘记给她带礼物，给她买名牌包、化妆品、衣服鞋子，给她富足无忧的生活。

可是后来，我偶然碰上了乔乔偷偷躲在角落哭，在她断断续续的诉说中，我知道了事情的原委。

她的男朋友终于通过努力当上了经理，她正满心欢喜地计划着要给男朋友庆祝，可是对方却提出了分手。

他认为乔乔不思进取，跟她在一起没有共同语言，也得不到进步。他俩在一起三年，乔乔只是毕业以后，在办公室做了个普通的文员。三年里，他却从一个普通的助理，一步步努力做到了经理。他说他不喜欢没有目标、不求进步的女孩。

乔乔委屈地诉说了她的理由，在一起的时候，她只是想着对他好，在这场爱情里，她始终以一种低姿态的方式，去付出，去迁就他。可是他却嫌弃她不思进取，没有自己的生活，是个整天只会嘘寒问暖的人。最终，在她以为两人要携手迈入婚姻的时刻，却受到了彻彻底底的伤害。

其实恋爱就如同下棋，棋逢对手才能长久。你一直在主动付出，失去自我，以为这样会赢来最终的胜利。可对方却弃子而逃，不愿在你身上花费更多的时间和精力了。

后来乔乔辞职了，很久都没再有她的消息。

直到偶然一次去健身房，我意外地遇到了乔乔。她一身运动装，神采奕奕，看到我，眼里堆满了笑意。

她辞职以后就去报了辅导班，想再学习深造一下。以前只想着爱情，把自己的理想和兴趣都耽误了。说着，说着，乔乔突然更加激动地跟我说，连她自己都觉得意外的是，就在辅导班上课期间，

当一个人已经到达山顶的时候,另一个人还在山脚下,
见到的风景都不同,又哪里谈得上共鸣呢?

可能是缘分使然，也可能是上天眷顾，她遇到了另外一个人，他是一名律师。

他们俩经常在上课之余聊聊旅行，聊聊美食，聊聊健身，聊聊村上春树，聊聊岩井俊二，然后欣喜地发现两人之间竟有那么多的共同话题。当然他们也会因为意见不同而有争执，但是不会因为争执而僵持，直到对方点头认错，而是彼此克制情绪，尽量在双方都冷静下来后再做决定。

或许，这就是现实。你一味地付出、迁就，失去自我，到头来一无所有。你拥有了理想、自信，找回自我，反而收获了真爱。

这一刻，我看到了乔乔眼睛里恢复了往日的光彩，感受到了她切实的幸福。

记得舒婷说过，真正的爱情，理应共同面对风雨，共同享受阳光，一起感受冷暖变化。而绝不是一方为了家庭苦苦奋斗，一方喜新厌旧，反复无常。

归根结底，爱情是两个人的事。

所以啊，在人生这条孤独而漫长的道路上，最重要的是遇到一个愿意陪伴你的人，跟你一起向前，一起成长。

其实生活中，像乔乔这样，因为彼此步调不一致而分手，或是盲目地以低姿态迁就对方的情况有很多。但实际上，那只是一个人单方面付出的感情而已。在我看来，爱情就如同跷跷板一样，需要两个人都有同等的重量才能保持平衡。两个人想要一起生活下去，就需要齐头并进。否则，当一个人已经到达山顶的时候，另一个人还在山脚下，见到的风景都不同，又哪里谈得上共鸣呢？

> 爱情的纽带，不是孩子，不是金钱，而是关于精神的共同成长。

这是杨澜曾经在书里写到的。精神上门当户对，爱情才不容易失衡。

反观，我们每个人在爱情中，都会费尽心力地去维护爱情，也不可避免地会经历跌倒、爬起、流泪、遍体鳞伤，甚至是身心俱疲的过程。但我们要慢慢学会，在爱情中，多一些平等付出和自我成长，以一棵树，而不是一棵绕藤的姿态，站在对方的身边。要依然相信爱情，相信承诺，因为我们独立、坚韧、乐观、向上，值得拥有最好的爱情和不卑不亢的幸福。

人本身就是种矛盾的动物,忽视当下,却乐此不疲地幻想着来日,遗忘了现实在指尖挥霍的每分每秒,却总是无声处彻夜难眠,百感交集地追悔着明明知道已经无法重来的昨天。

紧握当下
不惧未来

Cherish every present moment,
no fears of the future

Part
3

别拿最好的青春,过最无望的生活

2013年,我在上海一家公司做金融分析师,遇到一个男孩,叫丁雨。

丁雨是公司里年纪最小的,和公司里其他刚毕业的学生不一样的是,他起点很高。毕业于名牌大学,读的是名牌大学里最热门的专业,应聘时的履历也是数一数二地好。而且,丁雨父母都是上海本地人,都有自己的工作,名下有八栋房子,家里最主要的收入就是收租。

几年后,网上有了各种关于收租的段子,但对于丁雨和他的家人来说,那不是段子,那就是生活,家常便饭般的生活。

不知道是不是因为人生太过顺遂,从丁雨刚进公司开始,我就不止一次觉得,他似乎对这份工作没那么热忱,无论是工作态度还是工作效率,都不如公司里其他人。当时我算他半个上级,也还不知道丁雨"租二代"的身份,就忍不住劝了他几句。

丁雨什么也没说，只是怪异地看了我一眼，低下头应了声"是"。

过了几天，我和一个中层领导聊天时忍不住跟他说起了这件事，由衷地替丁雨感到有些可惜。因为在我眼里，丁雨无疑是可以把工作做好的人。如果他愿意，以他的资质，在刚步入社会时积极一点，很有可能走到公司的高层位置，甚至是行业的高层位置。

听完，那位中层领导笑了笑，问我："你知道为什么公司里其他学历不如丁雨的人，工作态度和成绩反而比丁雨好吗？因为他们以后是要靠着这份工作吃饭的，但是丁雨不用。他的家境很好，即使不做这份工作，也可以比其他人富足很多，这份工作对他来说不是喜爱和追求，也不是谋生的手段，而是打发时间的一种方式。"

我愣了一下，突然明白了丁雨看我时那个怪异的眼神。

中层领导拍了拍我的肩膀，也是觉得颇为可惜，但只说道："我知道你爱才，但是如果他自己想要挥霍青春，谁都拦不住。也许有一天他会后悔，也许永远也不会，你就随他去吧。"

我什么也没说，只是很轻很轻地叹了口气。

丁雨进公司的第二年，毕业季过后，公司又招聘了一批新的员工。

这些员工里面有一半是金融产品的推销员，学历并不高，站在公司大堂里，衣着简单，看上去有点手足无措，也有点格格不入。这里面有一个人格外突出，他就是后来成为我下属的大平。当时大平看上去非常狼狈，理着个犯人般的短寸，皮肤黝黑，脸上淌着汗，一口白牙带着灿烂的笑容，跟影视剧里常见的傻老粗别无二致。

他连大专都没有读过，初中毕业，自考了个本科。刚到上海没多久，应聘的职位是司机。那一段时间我常常要往外跑，因此自然地和大平熟了起来。跟丁雨不同，大平很"接地气"，性格也有着北方人特有的热情，有一说一，人又实诚，简直让我难以抗拒地想和他交个朋友。

大平学历不高，却极为好学，什么都愿意帮着去做，也很少见他生气。他最常挂在嘴上的话就是"你们有文化嘛……"。

"好像有文化、有学历，说的就什么都对。"我说大平。大平也不应声，只是挠挠板寸，乐呵呵地笑。

2015 年，我和大平已经很熟了。有一天他悄悄跟我说，自己打算考一所著名院校的研究生，已经准备很多年了，打算今年去报名考试，想让我有时间的时候帮他过一遍考试的流程，他心里才不会那么紧张。

说实话，我刚开始听到这些话时，内心极为震动，还有点隐隐约约地觉得不可思议。但在去过一次大平的出租房后，我就意识到，对于考研这件事，大平是认真的，他狭小的出租房里没有任何的娱乐设备，满墙满桌放的全都是考研的教材。

对自己抠门到戒酒戒烟的大平，在购买考研资料时毫不吝啬，随手一翻就是历年的考研真题，上面红黑笔迹交错，从最开始的字迹粗稚到最后的笔走龙蛇，无不看出大平的用心。

不知为何，在那一刻，我想起了丁雨，想起他毕业于大平梦寐以求的高校，却在公司平淡度日，完全没有任何职业追求的颓废。想起他偷偷用公司的电脑打游戏，还以为自己从没被领导发现的得意洋洋。又想起他不出挑也不落后的工作业绩，像是不屑跟别人争一样的故作怜悯。

和他同期的毕业生已经渐渐熟悉掌握了公司的业务，慢慢往公司中层划动，只有丁雨，好像还在原地，连一个初中毕业自考本科学历的大平都不如，只是自顾自地慢慢坠落。

一声叹息后，我想起那个已经走到高层的领导说过的话……真的，一个人自己想要挥霍青春，是谁也拦不住的啊。只是不知道，丁雨现在有没有感觉到一点点的后悔。

大平考上研究生的消息，是从他辞职那一天才在公司里传开的。

面对同事们真心实意的惊叹和恭喜，这个东北小伙儿显得非常羞涩，挠着头，不知道该如何是好，只是真诚地说："谢谢大家，晚上我请大家吃饭。"

席间，大家都很开心，喝了不少的酒。我出门透气时，正好遇见在外面抽烟的丁雨。他也喝醉了，定定地看了我一会儿，突然问我："你是不是特别看不起我来着？"

我还没说什么，他就自顾自地答道："你有什么资格看不起我？论学历，你不如我，论能力，也……也不如我，论家境你更不如我，你凭什么跟我指指点点的？"

我听出他喝醉了，也没计较，就转过身往回走。

但丁雨在我身后突然一屁股坐在地上，慢慢地哭了。我也不能不管，只好回去看，却听他低声说："我也不想这样的……可是，我真的觉得，工作没意思，生活没意思，人生也没意思。我根本就提不起劲儿来，只能这么慢慢往下掉，我拉都拉不住自己啊，你知道吗？"

我知道吗？我大概是知道的吧。

前段时间，曾经有大 V 在微博上控诉：人到"中年"保温杯泡枸杞，是一种特别没有奋进和积极精神的自我安慰行为。我虽然不觉得保温杯泡枸杞有什么坏处，却也觉得，现在的很多年轻人，是真的没有了那种强烈地想要改变自己命运的执着。

很多人都说，现在的阶层固化已经很严重了，如果没有一个好的投胎命，你再怎么努力也跟不上别人。但是我一直以来的想法是：我奋斗了十八年才有机会和你坐在一起喝咖啡，总好过我从来没有奋斗过，只能在租住的单间里浑浑噩噩地游戏人生。

其实，"梦想"真的不是一个"中二"的词，它活在我们生活里，如影随形。

我从来都不觉得，起点低会成为不努力的理由，同理，起点高同样不是。封建社会的阶层比今天的更为固定，但那个时候都有出身平民、最后平步青云的人，那为什么现在的你不可以呢？现代社会，最可贵的就是不问出身，只要有能力，人人都有机会在社会上占得一席之地。

可怕的不仅仅是一个人的堕落，更可怕的是，那颗心甘情愿放纵自己堕落下去的心。一边心知肚明只有改变才能进步，一边却又日日囿于游戏、电视剧、睡眠和毫无指望的生活中。

如果有目标，如果肯努力，你就会越来越好，这种好有时候不仅只是指你的社会地位和经济状况。更可贵的是——努力，能让你的精神状态慢慢充盈起来，让你有自信去面对外界的质疑和冲击，满怀希望地去实现自己的目标。

无论你是起点低还是起点高的人，都请记得，空有梦想却不付诸行动，和没有方向而眼睁睁地看着自己堕落，很容易让你无法活得心安理得，也常常是无望生活的开端。别拿你最好的青春，去过最无望的生活，这是对自己最起码的珍重。

可怕的不仅仅是一个人的堕落,
更可怕的是,那颗心甘情愿放纵自己堕落下去的心。

对未来的真正慷慨，
是把一切献给当下

前段时间，我在知乎看到过一个帖子，大意是"二十二岁大学毕业，无背景，无人脉，无专业技能，无行业经验，给自己制定了二十六岁之前赚取两百万元的目标，问有什么看法和建议"。

我看的时候一边心里"呵呵"笑着，一边又不由得陷入了沉思。

多年前，刚出校门的我对未来也没有什么规划，当时最大的愿望就是能有一份自己喜欢的工作。至今都很清楚地记得第一次找到工作后的喜悦，以及之后每个月赚到两千块钱，都会到路边摊喝酒、撸串的满足感。那时候心里想的是，如果能再有个人陪着我一起，那我应该就是天底下最幸福的人了吧。

可是一年以后，随着对工作越来越熟悉，我反而迷茫了。看着外面的花花世界，我也常常变得不知所措。我开始越来越想不通，为什么人跟人之间的差距会如此之大。为什么别人能住五星级酒店，去档次高的餐厅，而我却只能计算着那点薪水，然后幻想着自己什么时候也能过上那样的生活。

后来，我跟一个在写作方面很成功的前辈聊天，他对我说："像你们这样二十多岁大学毕业能出来拼搏，真的是件令人羡慕的事情，而且人生的路还这么长，哪怕失败了也没什么。我现在都四十了，不也依然在创业和奋斗中吗？"

说到这里，我忽然想到了高中时候的同桌，说起来，他一直都是家长们嘴里念念不忘的好学生。

在我的印象中，他总是一副淡然、处变不惊的样子，脑子里写满了数理化公式，爱学习，成绩优秀。偶尔感觉累的时候，就喜欢去学校的操场上跑几圈，回来再继续埋头学习。

可以这么说，我高中很大一部分时间里，都是听着老师和爸妈拿他做榜样的话来鞭策自己学习的。这种情况一直持续到高中毕业。

第一年高考，很不巧他感冒发烧，严重影响了状态，发挥失常，成绩只勉强够考取个普通一本大学。这对于一直立志要考重点大学的他来说，是个不小的打击。于是，他义无反顾地扎进了复读的队伍，重新再来。

那一年，他又是埋头苦学，继续两耳不闻窗外事。事实上，所有人包括他自己都是有信心的，毕竟他从一开始就是那个老师、家长挂在嘴边的"别人家的孩子"，又这么努力，没有道理考不出理想的成绩。

可是这一次，结果又让所有人大跌眼镜，分数依然不够理想，上重点本科的愿望再一次破灭了。

虽然周围的人都在安慰他，但难免在背后也是纷纷议论：死读书看来就是不行啊。高考才是真正考验人的时候。哎，还是综合素质欠缺啊。

那段时间，我相信他是很煎熬的。后来听他说，他整整三天都没出房门。最后终于想明白了，大好的青春不能就这么浪费了，就算高考成绩不理想，后面机会多得是，没必要伤春悲秋的，觉得世界末日要来了。而且，父母是最担心他的人，他再也不能让父母为他操心、难过。

于是，在高考结束两个月后，他独自拎着行李箱上了大学。

大学的时候，我们也会偶尔联系，互相聊一下近况。我仍然能听到他得了各种奖学金、成为校学生会主席的消息。

到了大四毕业那年，他下定决心考研，而且也为之做了很多努力和准备。与此同时，有家不错的金融机构向他伸出了橄榄枝。父母知道后，很替他高兴，希望他能接受这份高薪的工作，早点进入社会，好积累更多的经验。可最终无论周围的人再怎么劝说，他都坚决地拒绝，一定要坚持己见。

再后来，他干脆在学校旁边租了房子，专心考研。有时候，我问他最近怎么样，他总会简单地说一句：还好啊，一切都会慢慢变好的。但是从他的声音里，我听出了他的疲惫不堪。

有时候我也不理解他的决定，为什么宁可过这样毫不确定的生活，也不愿意工作？毕竟在别人眼中，金融行业也是一个不错的选择，发展前景很广阔。

可是他说，这份工作虽然不错，但是他还是想更好。就算结果未必能如愿，但是他想在自己还能奋斗得起的年纪里，不轻易地选择妥协和安逸。

幸运之神终究会降临在不断努力的人身上，他得偿所愿地考上了理想学校的研究生。几年后，他又收到了耶鲁大学的 offer，再一次成了"别人家的孩子"。其实外人从不知道，他的自信和成绩的背后，饱含了多少汗水和孤独。

记得出国前，连他自己也感慨："哪有什么天分，不过是努力努力再努力罢了。我也有想要放弃的时刻，可现在终于能确定，自己脚下的路是对的，方向没有错。"

的确，我们眼里看到的那些闪闪发光的人，有许多也曾有过备受质疑又不被认可的过程，也会有对未来的不确定或者迷茫。可久而久之你就会知道，生活总会给你呈现出它最公平的一面，每多付出一点努力，世界就会多为你开一扇窗。

所以，成功从来就不是天上掉下来的，我们不清楚别人抓住了多少机遇，也不知道他熬过了多少痛苦，有过多少迷茫，但我们却可以清楚地了解自己，把握自己，确定下一刻该走何路，未来该去何方。我们只需要做到理智平和地看待自己，努力工作，认真生活，相信所付出的辛苦都是一种沉淀，会随着时间帮助自己变成更好的人。

这就是努力的意义吧，我想。

用力爱过的人，余生最好不要再见

2018年立夏的那一天，橘子结婚了。

婚礼上，橘子一袭白裙，神情温柔又宁静。她端庄地挽着父亲的手臂，整个人仿佛一个发着亮的光源般，走过撒满花瓣的红毯，向着另一端等待她的男人走去。那个人西装革履，目光中满含笑意，身上有着不输当时那个少年的英气。但他的脸上却有着和橘子相似的表情，温柔又郑重。

婚礼的过程很简单，新人在台上简单地说了几句话，感谢了双方的父母，然后按照常规的婚礼流程，交换戒指、亲吻、拥抱，看上去温暖又美好。

那一刻，我坐在台下，感受着婚礼现场平和幸福的气氛，不知为何，突然想起来我们二十岁时，橘子躺在学校的操场上，满怀憧憬地对着星空说话的样子。那时候，橘子说，她小时候最喜欢的动画片就是《美少女战士》，所以等将来结婚的时候，她一定不要穿寻常的白纱，一定要和将来那个他分别装扮成月野兔和夜礼服假面的样子，然后完成一次她梦想中的婚礼。

当时，和我们一起躺在操场上的，还有橘子的初恋，他很认真地把橘子的每一句话都记了下来，还非常肯定地跟橘子说了一句"好"。那一刻，我看到他的脸上全是幸福的傻笑。

曾经的我们都不会想到，多年以后，橘子的婚礼现场上，没有月野兔，没有夜礼服假面，也没有当时那个她深深爱过的人。

世上没有完全相似的爱情故事，但分开却总是有那么一两个相似的原因，比如厌倦、疏离、地域以及心灵的距离，等等。

橘子和初恋分开的时候，恰逢2014年的圣诞节，她从满大街热烈相拥的恋人间独自走回自己租住的小屋，拉上窗帘，躲在没开暖气的房间里，痛哭失声。当时的他们，经过了争吵，熬过了苦难，最后却在平平淡淡的日常里分开，狼狈收场。

相爱的时候有多想让全世界都知道，分手的时候就有多沉默。

橘子当时没有把跟初恋分开的事情告诉任何人，她选择了一个人承受，默默煎熬辗转，度过了那段最孤独也最无助的时光。

分手过的人大概都有过类似的经历，关于分手，最难熬的有时候不是分开，而是分开之后重新习惯一个人生活的过程。明明遇见他之前，也曾一个人走过很长的岁月，可不知为什么，和他分开之后，突然就想不起来，之前自己一个人是怎么活的。

每一个相处的情景都历历在目，除了他，已经不在身边。

橘子说，这么简单的事情，她却只能在一次次被回忆提醒后，才能迟钝地想起。

而初恋和橘子分开后，很快就有了新欢。曾经漫长岁月里细腻又温存的陪伴，最终敌不过时间的冲刷，敌不过新欢的一个微笑，也敌不过汹涌澎湃的新鲜感。

对于那段感情，橘子无话可说。她接受了分开的事实，却始终提不起力气开始下一段。

一般到了合适的年龄，家里的父母长辈难免会对终身大事有所催促，更何况橘子还是个女孩儿。

在这件事上，橘子也感受过深深的苦恼。她不是在等他，也没有心存过什么幻想。只是……她可以控制自己去挽回他的脚步，却没有办法控制记忆浮上心头的每一个瞬间。曾经的深爱刻入灵魂，变成习惯，即使一个人，也会被触动，被提醒。

年少时也曾以为如果不是他，别人都不行。但是后来时间还是证明了，这个世界上真的是，谁没有了谁，都可以活。也许没那么快乐，没那么精彩，但总是可以活下去的。每个人都觉得自己在感情里付出的是特殊的，得到的是特殊的，其实归根结底都一样，大家并没有什么差别。

想通了这一点后，橘子终于接受了父母给她安排的相亲。幸运的是，她遇见了新的意中人，在他的引导和陪伴下，打开尘封已久的心，再次学会了如何去爱和被爱。

后来，橘子结婚的消息也传进了初恋的耳朵里，他竟然连夜开车赶到了橘子所在的城市，在橘子坐着婚车离开家时，默默地跟在车队后面，送了她一程。等意识到一直跟在后面的是谁后，橘子拿出手机，编辑了一条短信发了过去，短信的内容很简单，只有三个字：别送了。

短信发出去后不久，那辆橘子眼熟的灰色轿车的速度渐渐慢下来，而橘子的婚车维持着原来的速度，终于远远把它甩在了身后。

关于初恋，橘子的态度一直都很明确，那就是，不需要再见。

她对我说，那么用力相爱过的人，如果没有走到最后，分开后就真的不用再见了。我们过去的快乐是真的，幸福是真的，想要一生一世、白头偕老也是真的。但既然没有可能了，再见又有什么意义呢？我们心里都知道，我们总有一天会有新的生活，也会组建各自的家庭，甚至说得残忍一点，我这一生，都跟他没有关系了。没有必要说什么做朋友，相爱过也亏欠过，怎么做朋友？还不如就这么干脆利落地分开，让彼此都能好好过。

我特别理解橘子的决绝，也特别懂得橘子的勇敢。

因为曾经用力相爱过，所以才不想看见你的脸，不想听到你的消息，不想再因为你生活的起伏有任何的情绪波动……因为那会时时刻刻地提醒我，我们本来可以拥有一切的，都是因为你放开了我的手，这一切走向了另一个人。而这个世界上最惹人遐想的永远都是未知，我不愿再去想，曾许愿和你度过的余生会有多美好，因

别回头看,也不要做那些根本没有意义的怀念和追缅。
既然分开已成定局,就让我们体面收场,江湖不再相见。

为我清楚地知道,幻想美好,但我需要面对现实。

我曾那样渴望与你一起挥霍余生,也曾那样渴望能和你一起挥霍的余生尽早开始。尽管分开时万般不愿,但既然我们都已经重新启程,与其给对方徒添困扰,不如就不要再见。

我们各自过好自己的生活,大步大步地往前走吧,都别回头看,也不要做那些根本没有意义的怀念和追缅。既然分开已成定局,就让我们体面收场,江湖不再相见。

这对于橘子来说,大概就是最好的结局了。

再见,我们余生不要再见。

真正的玩家只是你自己

曾经有一段时间,包括我在内的很多人,都很痴迷微信推出的一款名叫"跳一跳"的小程序游戏。

"你跳了多少?"一时间成了好多人见面聊起的话题,"跳一跳"也成了那段时间经常出现的高频词汇。先是"王者农药""吃鸡",继而是"跳一跳",都是游戏,不同的是,《跳一跳》却以免占内存、页面简洁、背景小清新且简单易上手的独特优势火了起来。

在很多人眼里,它或许就是一个没有任何营养和技术含量的游戏,但却以某种吸引力让人玩到停不下来。

第一次知道《跳一跳》,也是一次跟朋友吃饭时,朋友拿着手机一直在玩,一副全神贯注、投入其中的样子,这差点让我误以为他是跟人在谈一笔上千万的生意。我随口问朋友玩的什么。他却头都顾不上抬,反问了我一句:"你跳了多少了?我都快到四百分了,厉害吧。"

那晚回到家，出于好奇，我也打开了这个微信刚更新的小程序，没想到的是，我这个只会玩俄罗斯方块和连连看的游戏白痴，竟然一口气就玩了俩小时，不过得分却始终没有突破两百。

看着排行榜上那些分数奇高的好友，我一边纳闷一边内心再次燃起熊熊烈火，接下来，继续奋战到了凌晨，也数不清自己一共玩了多少把，最终勉强到了三百分，但是仍然没能挤进好友排行榜的第一页。

当时突然就有了一种冲动，特别想把那些得分比自己高的好友都删掉，那样自己也许就能稳坐排行榜第一的宝座了。

当然，玩笑归玩笑，任何游戏的设计，都有它的独到之处。

这个游戏的本质，其实是需要你的专注。你只有非常投入，才能通过习惯和速度感，有连续叠加的得分，才有可能刷新自己的纪录，得到更高的排名。

除此之外，你更要懂得游戏里位置和停留的意义。比如说，连续跳到中心点，就可以逐次分别加二、四、六、八、十分，一直累计，按等差数列增长，但前提是你要站对位置。跳到井盖盒子上，停留到有冲水的声音响起，可以额外加五分；跳到魔方盒子上，停留到魔方转动一圈，可以额外加十分；跳到徐记士多盒子上，停留到便利店的门打开，可以额外加十五分；跳到唱片盒子上，停留到音乐声响起，可以加三十分。

《跳一跳》出现在 2017 年到 2018 年之间，我觉得它也许代表的就是一种飞跃，一种梦想、现实、未来以及生活的本真。

人生不也是这样的吗？只要是站对了位置，就算路上有再多的困难和不确定，就算走得慢一点，就算在原地有过短暂的停留，你终归能到达更好的未来。

我身边的朋友小曲，一直是个乐观开朗的人。同时，他也是《跳一跳》的忠实玩家。更重要的是，他的成长故事，与《跳一跳》这个游戏还有着异曲同工之妙。

多年前，小曲高考的成绩不错，得偿所愿地去了一所"985"的名牌大学，学了建筑学专业。得益于大学期间对手绘的苦练，他在毕业后顺利通过考试，进入了一直想去的设计院。他刚开始在建筑设计上充满雄心壮志，但是工作几年之后，工作上的压力和不顺心，竟一度让他萌生了想要转行的想法。

一直以来，领导每次安排给小曲的工作，无论大小，他总能兢兢业业地完成。只是日复一日，随着工作的逐渐深入，工作量也变得越来越大，小曲却发现，那些巨大的工作量背后，给他带来更多的是身体的疲惫和精神的压力，至于收益和能力方面竟然半点提升都没有。而且很多工作不得不加班加点，甚至熬夜通宵才能完成，经常经历前一天晚上好不容易做好的图纸，第二天就被领导和客户否定重做的烦恼。

如果说，工作时间短，赚钱自然少，这个小曲可以理解，只是现在让他感到非常不解的是，在这个工作环境中，他已经没日没夜地付出了很大的努力，却始终得不到人生该有的收获和回报，这应当是最致命，也是最让人伤心的吧。

最终，小曲考虑再三，还是辞去了设计院的工作。

他利用辞职在家的这段时间看了很多书，学着把自己的生活节奏放慢，尝试着去认识各种不同的人。机缘巧合下，他懂得了被动收入这回事，暗自感叹原来还有财务自由这么牛的生活状态。他慢慢地从对建筑设计的追求，转到了对商业知识的摸索。现在的他，慢慢有了一些不错的收益和成就，个人的能力也在不断地提升。可以说，一段时间的短暂停留和调整，逐渐让他找到了想要的生活状态。

后来，他跟我感慨道："当你尝试着慢下来，生活才会逐渐显现出它的美感。因为在每一个人的人生过程中，都有值得停下来欣赏和感受的东西。如果大脑一直在无序地思考着，你可能会感觉事情繁杂且盲目得找不到方向，如果你总是担心着未来或者放不下过去，就无法专注于当下所做的事。"

是啊，就像在《跳一跳》的游戏中，跳到盒子上，停留一会儿，放松自己，会有意想不到的奖励。

所以，我们在匆匆忙忙赶路的时候，不要忽略人生路上的惊喜，偶尔停留或许能收获意想不到的成功。

分数高也好，好友排名第一也罢，其实就是一个起起伏伏的过程，处在巅峰不骄，跌落低谷不馁，这才是正确的人生姿势。

另外，不知道正在全神贯注低头"跳一跳"的你，是否注意到游戏里那个小小身体、大大的脑袋的简洁形象，其实就是一个英

站对位置就可以加分,
偶尔停留便能看到不一样的风景,
这其实就是你的人生,而真正的玩家,只有你自己。

文字母"i",就是代表了"我"的意思。

　　站对位置就可以加分,偶尔停留便能看到不一样的风景,这其实就是你的人生,而真正的玩家,只有你自己。也只有坚定在自己的掌控下,你才能有行走人生的勇气。

别抱怨生活迷茫，
你只是把时间给了无聊

你会不会跟我一样，在生活中经常听到一些这样的声音：

明天就要期末考试了，可是我还没复习完呢，就连这学期的笔记都还没补全呢。

还有半个月就要参加教师资格考试了，可是我一点都没准备啊，估计这次又过不了了。

下个月初就要交毕业论文了，可是我连论文框架还没想好，都已经被导师催了好多次了。

公司马上就要大考核了，我对现在的岗位也不是特别满意，工作跟我学的专业也不怎么对口，可是我还没积累多少经验，也不知道自己未来能胜任什么职位。

其实这样的担心和迷茫,不光是听别人说起过,相信我们每个人或多或少都应该经历过吧。往往内心不想甘于平庸,总觉得自己还有很多东西想去尝试,还有很多事情想去完成,还有很多地方想去看看,但最后的结果却是,什么事情都没做成,什么目标也没实现。

你有没有觉得,有时候自己也不太明白结果为什么会是这样。总之,这仿佛就是一件令人感到特别悲哀的事情吧。

可能生活中,我们还是需要少一点理想化,多一些真行动才行。这或许保证不了让你达到一个什么样的人生高度,但至少可以保证让你实现一些内心的想法。

更何况,我们都还这么年轻,精力也如此旺盛,甚至有的人每天有大把琐碎的时间,那为什么不能为自己的人生多做些储备呢?

前些天在微信公众号的后台,有个读者留言给我,私下跟我诉苦说,他感觉自己现在的生活特别无趣,甚至有些无聊,每天总是千篇一律地处在一种无所事事的状态中,除了吃饭、睡觉、上班之外,不知道还能再做些什么,日子好像一眼就能望到头了,生活也一点盼头都没有。

我仔细看完他的这段话,替他感到悲哀的同时,也感到特别惊讶。一个三十岁还不到的人,怎么就陷入了这样的生活状态呢?这个年纪不应该是精力最充沛、最需要努力的吗?

他还在最后问我,他到底应该怎么办。这更让我一时有些哑口无言，因为我突然想不到该怎么用一两句话去说服他，回答他。人生、梦想、习惯、努力、充实、有趣、快乐、活力……这一切又怎能是用一两句话就说得清楚的呢？

其实"无聊"这个词，我们身边很多人都会经常提起它。我也一直在想：我们所谓的"无聊"究竟意味着什么？意味着时间的荒废，意味着自我的迷失，还是意味着骄奢的放纵呢？其实有时候你会发现，那些习惯于把"无聊"这类词挂在嘴边的人，应该多半是因为还不清楚自己到底想要什么。但凡是知道自己想要什么的人，他们一般都会觉得这一天的二十四小时是根本不够用的，连把一天掰成两天过的心都有了，哪还有那么多闲心去说无聊呢？

多年前，我刚上大学那会儿，也有过那么一段时间，觉得生活特别无聊且无趣。因为相比于高中时候的拼搏和忙碌，大学生活确实显得有点过于闲散和安逸。当生活中突然不再有老师跟在你后面逼你做题，也不再有家长天天在你耳边唠叨着"考不上好大学就没有好出路"之类的话，更不再有来自于周围同学的压力，让你不得不要努力考个好名次……一切都要靠自觉，去努力，去把自己的时间安排得充实而有益。

可那段时间里，我都在做些什么呢？吃饭，睡觉，打游戏，逃课，逛街……整整几个月下来，我几乎一点真正的收获都没有，一天天过得就跟翻日历似的，翻过去，也就丢掉了。我一度都不清楚自己在那段时间里究竟干了些什么。

不过，现实总是如此，当你在不以为然地随意放任自己的时候，却总有人在你身后默默地努力，然后不知何时你就被人家甩在了身后。

L曾经是我同宿舍的室友，整个大学时期，当其他人除了上课，就是玩游戏、睡懒觉的时候，L同学不仅已经在外面找兼职，还积极地参与到学校的学生会和文学社等社团活动中。

大学四年里，L利用自己的专业技能给人设计过计算机程序，也在寒暑假里做过一些家教的工作。总之，在我的印象中，他每天都是一副行色匆匆却又总是面带笑容的样子。开始，我以为L把自己的日常生活安排得那么满，这样一边上学一边打工，肯定是有什么不得已的苦衷，我甚至还略带同情地劝过他，别把自己弄得这么辛苦，家里要有什么困难可以告诉我们，能帮上的忙，我们一定都尽力帮的。

很快，到了临近毕业的大四，大部分人都如坐针毡地奔走在各种面试和考试中，尤其是我所学的专业，因为是热门专业，所以竞争更加激烈，也可能是人才也多，所以大多数企业就更看重实践经验了。记得当时我们同学中的很多人，最后在工作上都或多或少地选择了将就。而那时的L，却已经凭借着自己大学这几年打工积累的经验，成功地在一家实力还不错的外企，应聘到了一个不错的职位。而在工作之余，他依然坚持在各种研修班、培训班中充电，保持着不断学习的好习惯。

后来，有一次跟L见面聊天，他颇有自信地笑着对我说："我后来一直都跟一些师弟、师妹讲，大学时期的工作经验，其实就好比是一张银行卡,你只有在上学时学会了如何零存,才能在毕业时做到顺利整取。这样才不至于让你在面对机遇的选择时手足无措,才能用你手里的自身财富,去实现更多的理想和追求。不然,在你毕业之时,如果你相关的工作经验储蓄为零,那么你找工作付出的时间和成本就会大大地增加,即使后来能找到一份像样的工作,那也需要花费更多的时间去积累,并且当你踏入社会后,在人生的又一段起跑线上,你显然已经比那些更早努力的人落后了不止一个身位。我上学那会儿做了那么多份兼职,其实就是提前给我的生活做了尽量多的储备,只有这样,未来才能一步一步走得扎实,在做重大选择的时候,也才能有更多的底气,用自己的这张经验之卡刷出更多人生价值。"

所以啊,你看,我们都还这么年轻,在二三十岁的大好年华里,为什么还要觉得生活无聊呢?只要我们愿意,随时都可以为自己的生活做些储备不是吗?

我经常会跟身边很多想要努力和正在努力的朋友说,在现代汉语中有两个成语,我一直都很喜欢,一个是"来日方长",一个是"厚积薄发"。"来日方长"代表的是一种态度、一种信念、一种对自己未来的美好向往。所有的努力都会以另一种方式回报给你,重点是只要你愿意为之付出,时间会慢慢让我们成为我们想要成为的人。而"厚积薄发"说的是一种做事情的方式方法,你现在所有的努力和辛苦,都是一种沉淀、一种积累,都是为了让你在未来的某个时刻,做自己想做的事,并且有力量能支持你走到最后。

我们常说，梦想这东西，一旦在心里生了根发了芽，一腔孤勇可能会给人莫大鼓舞，也可能会给你带来当头一击，甚至能让简单变得复杂沉重起来。但不管结果如何，面对你想要去实现的梦想，你不能只凭幻想，还要脚踏实地地去行动，去积累。

那么，如果此刻的你，还觉得自己的生活无聊，不妨就考虑一下，可以像我的同学 L 这样，提前给生活做些合理的储备吧。或许有一天就能让你未来的困难变得简单一些，可以让你有足够的力气走得更远，体会到不同的人生风景呢。

说到底，每个人对无聊生活的定义都不尽相同，但无论如何，我都觉得，生活的美好在于营造，也许把无处消磨的无聊换成只争朝夕的努力，便会出于本能地感受到幸福和充实。

何必遗憾成败得失，
那只是选择后的人生

玥玥离开北京的时候，给我打了个电话，大哭了一场。

在背井离乡五年之后，玥玥终于决定要结束自己的漂泊，回到一直挂念的家乡。

玥玥是我们朋友圈里唯一一个学医的，学历也最高，没有辞职前，每天的日常就是无节无休地上班、值班和填病历。

刚认识的时候，也有人问起玥玥，为什么那么"想不开"要去学医。

面对旁人半是调侃半是同情的询问，玥玥只是淡然地笑，并没有抱怨什么，笑着调侃说自己是一时冲动而已。

后来跟玥玥混熟了，我们才知道，其实玥玥本来是想学软件工程的，只是她父亲一直希望家里能出个医生，才半是哄劝半是强迫地让玥玥改了志愿，学了本硕连读的临床医学专业。

虽然选择临床医学并不是出于自己的爱好，甚至第一眼看见发下来的解剖书时，玥玥就感到了深深的后悔，但她最终还是克服了，接受了。因为她觉得自己既然已经做出了选择，不管是不是自愿，都只能坚持下去。

就这样，玥玥完成了本硕连读，一边在北京读博，一边跟着导师留在了北京某个著名的三甲医院。

留着留着，又是五年过去了。

玥玥已经年过三十，在北京没有车没有房，住的是医院宿舍，吃的是医院食堂。因为离家太远，工作又太过繁忙的关系，在北京读博和工作的五年里，玥玥回家的次数一只手都能数得清。

大多数时候，玥玥都和许多北漂的年轻人一样，在这座庞大又孤独的城市，只能用工作聊以慰藉，除此之外，生活里再无其他。虽然当初选择学医并非本意，但如果要现在的玥玥再往回看，却也有种除了从医，不知道自己还能干点什么的怅然。

玥玥的工作环境在国内已经算很好了，跟的老师也是业内大拿。医院里的同事们都说，如果没有意外，玥玥会很顺利地晋升，成为科室里的中流砥柱。其实玥玥并不在意职位的高低，支持她在北京留下来的，是克服疾病痛苦的成就感，是病人治愈出院后，连番感谢的灿烂笑容。

说来俗气，玥玥终究还是喜欢那种被需要的感觉。

只是，工作上的成功，终究掩盖不了独自生活的落寞。尤其是朋友圈里的人近几年陆陆续续结婚生子，在各个地方稳定下来，他们回到家，家里会有灯光和散发着热气的饭食，还有人声笑语。而等待玥玥的好像永远都只有医院里或寂静或喧闹的走廊，查不完的病人，值不完的班，还有永远堆积如山的各式文件和病历。

日复一日，她甚至感觉不到时间的流逝。只有每年医院又进了一批实习生时，玥玥才恍然发现，又一年过去了。曾经在导师严厉的批评后，躲在楼梯间里无声痛哭的自己，也成了实习生眼中无所不能的老师，撑起了他们头顶上的一小片天空。

有时候父母也会催促她尽快找对象结婚生子，但在周边人普遍晚婚晚育的环境里，玥玥更多的时候并没有要尽快找到另一半的急迫感，只是敷衍地应付几句，就重新投入到自己的工作中。

玥玥当然也恋爱过，恋爱的对象里有同行，也有外行人。她相过亲，也尝试着接受过别人的追求，后来却因为各种原因一一败下阵来，再也没有了下文。

玥玥跟我表达，已经过了那种容易感到寂寞的年纪，单身到了一定的程度之后，也没有急迫地想找到所谓的归宿。最终促使她选择回到家乡发展的，归根结底还是曾经一意孤行将她逼上梁山的父母。

玥玥是家里的独生女，她在外工作学习，父母只能在家翘首以盼。女儿在他乡，他们有什么病痛都不敢声张。

母亲体检查出问题，二老也没敢跟唯一的女儿提起，他们知道玥玥一个人在外不易,生怕打扰了她的工作生活,再让她过分担心。最后还是老家的姑姑打电话给玥玥,告诉她母亲的乳腺彩超检查有异常,医生建议做乳腺钼靶进一步确认,但是有很大的可能会是乳腺癌。

接到电话的时候,玥玥正在医院值班。虽然她本人就是医生,但听到消息时脑子还是嗡了一声,空白了数秒。也好在玥玥是医生,她迅速冷静下来,给父母购买机票,然后联系了自己医院的乳腺外科主任,安排了母亲抵达北京后的一系列检查。

也许开始时受到的惊吓太过,即使后来母亲检查的结果并非乳腺癌,玥玥还是始终没办法从这件事中抽离出来,重新回到当初那种心无旁骛的工作状态中。

玥玥第一次开始思考,自己的余生,究竟要怎样度过。

最后,她选择了辞职,决定回到父母身边去,去照顾二老,不再在异乡漂泊着生活。在同事们或不解或可惜的目光中,导师在玥玥的辞职信上签下了自己的名字。导师问她知不知道,她不是选择放弃了一份工作,而是选择了一个平庸的自己。

玥玥说,她知道这个选择会让她失去什么,但她已经做好了承担的准备。

香港作家陶杰在《杀鹌鹑的少女》中说:

当你老了,回顾一生,就会发觉:什么时候出国读书、什么时候决定做第一份职业、何时选定了对象而恋爱、什么时候结婚，其实都是命运的巨变。只是当时站在三岔路口，眼见风云千樯，你作出抉择的那一日，在日记上，相当沉闷和平凡，当时还以为是生命中普通的一天。但一场巨变，已经发生了，地动山移，浑然不觉，当时只道是寻常……

玥玥做出选择的那天，和当年高考后她填下志愿那天一样，都是个晴天。太阳事不关己地挂在天上，像之前过去的每一天一样。

关于职业的选择，其实后来很多时候玥玥都后悔过。后悔自己没有坚持初心，后悔自己没有及时改变决定。为了学医，为了从医，她真的失去了很多，但不可否认的，也真的得到了很多，咬牙坚持的自己，传道授业的恩师，无比强大的责任心，和能够伴随她走完余生的专业知识和技能……当然，还有在她手下重获新生的一个个生命。

人生本来就是由选择构成的，大大小小，有轻有重。

有些选择改变了你的人生，有些选择没有，有些选择你犹豫再三，有的选择你想都不用多想。每个选择，背后都有得到和失去，得到后失去，失去后得到……这就是人生，没人能知道，当初没推开的那扇门，背后到底是崎岖险路还是坦途，又会遇见怎样的人，过着怎样的生活。

选择让人纠结，但真正做出选择后，你就要面对选择的结果，

生活的美好在于营造,
也许把无处消磨的无聊换成只争朝夕的努力,
便会出于本能地感受到幸福和充实。

明白得到的都是侥幸，失去的就是人生后，
我们也许才能说服自己，继续选择，继续生活吧。

承担已经推开的这扇门后的人生。

关于玥玥,有人嗤笑她,觉得她贪图安逸;也有人羡慕她,有勇气放弃已经打拼出来的一切,从头开始。可我真的觉得,生活如人饮水,冷暖自知,这个世界上有想奋斗不息的人,也有想为父母尽责的人。

每个选择都会变成脚下延伸的道路,怎么走,走向哪里,谁都不知道。选择没有高低优劣,只有适不适合自己。

我们无法避免选择,唯一能做的,大概只有衡量自己,理智判断。更重要的是,选择之后,不要后悔,也不要回头。明白得到的都是侥幸,失去的就是人生后,我们也许才能说服自己,继续选择,继续生活吧。

毕竟,得失无常,这才是人生啊。

方寸间的五彩，
怎比得上世界的斑斓

早高峰时的地铁、公交车上，每个人都面对手机屏幕，低着头，沉浸在自己的世界里。

朋友之间，经常会选择用一个"赞"重新勾勒友谊，仿佛不需要面对面的交流，友谊的小船也永远不会翻。

家庭聚餐的时候，晚辈一直置身于与手机里远方的人的"气泡"交流之中，长辈只能在心里默叹，却毫无办法。

你是不是也有过同样的感受？手机一旦离开自己的视线范围，就失去了安全感，那种紧张害怕的感觉，简直比失去心爱的东西还要糟糕。而只要手机在身边，就仿佛拥有了整个世界。

前段时间，跟朋友一起出去吃饭，路上他还在念叨着，最近老是加班，连好好吃顿饭的时间都没有。不是叫外卖，就是在家凑合着一边吃泡面一边修改文件，挣的钱多了，生活质量反而直线下降。然后我说，那今天得好好改善一下生活，吃顿好的去。

可等菜上桌的工夫，朋友把手机摆在面前，手指上下翻飞，打一会儿游戏，吃一口饭，跟他说句话，半天顾不上理我，更别说正常聊天交流了。

过了一会儿，我实在忍不了了，就开玩笑似的说："你光顾着玩游戏，也不理我，我都没什么存在感了。"

他头也没抬，毫不在意地说了一句："咱俩这关系又不是外人，我和别人肯定不这样。"

我竟无言以对啊！

这时我不经意地扭头看到邻桌八九个人，大部分也都在沉默地玩手机，全程基本零交流。不明情况的甚至会以为，他们是临时搭桌子坐在一起的，而实际上那是一场朋友聚会。当时我便想起了一句话：原来世界上最遥远的距离，不是生与死，而是我们坐在一起，你却在低头玩手机。

过去，大家坐在一桌吃饭，完全是漫无边际侃侃而谈，把牛吹到天上都不过瘾。而今天，无论是熟人还是陌生人，坐在一张桌子上吃饭，各自低头对着自己的手机，可以一整晚不说话却丝毫不觉得尴尬。

手机正在用它自己的方式默默剥夺着大家的真实生活。仿佛手机里的朋友，才是身边真实存在的朋友，发到朋友圈里的想念才是最深情的思念。

无聊的时候，通过手机，可以与很多人在线聊天，倾诉烦恼。

苦闷的时候，通过手机，可以看电影、看电视连续剧，看一切能带来娱乐的东西。

无处宣泄的时候，通过手机，可以记录当下的苦闷和烦恼，一切不能对外公开的秘密在它面前都可以坦白。手机，就好比是一个永远都不会泄密的闺蜜。

狄更斯曾经说过，我们生活在一个最好的时代，也是一个最坏的时代。

手机或者互联网确实带来了很多的便利，在碎片化的时间里，让我们多了很多欢乐，也获取了各种有意思或者有用的信息。它将我们与整个世界都联系起来。尤其是现在，网络支付覆盖范围如此之广，拿着手机，出门购物、坐车等都可以搞定，非常方便快捷。

与此同时，手机也在用另一种独特的方式不断切割着时间，冷却着情感，潜移默化地让内心变得越来越焦虑，甚至有些情感匮乏。

在网上和陌生人聊天，打上一晚上的《王者荣耀》，不觉得枯燥无趣。抽出一点时间，陪父母在家看看电视，说说家长里短，说说自己的工作生活，却很难。

乐此不疲地刷着各种段子、直播和搞笑视频，却从没想过拿这些零碎的时间坐下来安静地读完一本书。

多少人每天嘴上呐喊着要努力，要拼命，却只在朋友圈晒出了自己努力的照片，"半夜还在看书，快赞我""连续奋斗一周，太努力了"。可实际上却是，演员多了，实干家少了。所以也许你稍微努力一点点，就会比身边人优秀很多。

  手机带来的影响是两方面的，一边是信息爆炸，一边是精神匮乏。一边手捧玻璃心把朋友圈设置各种权限，一边面对童年好友三句五句话草草收场。明星的八卦知道得比谁都多，父母的生活却很少会真正地关心。所以才经常有人在手机里活完一整天后，抬头看看周围熟悉又陌生的环境，再仔细回想，竟然不太记得这天究竟发生了什么。这难道不是手机在慢慢地删除着你的生命吗？

  所以，别让手机反过来操纵了生活，那才是得不偿失。

  也许有一天，手机会被其他事物所取代也未可知，所以，当下的你不该让手机框住了人生，而是要用手机记录下自己不可复制的人生。方寸之间的"精彩缤纷"，如何比得上现实中的五彩斑斓呢？

最大的痛苦不是失败,而是"我本可以"

陈牧是我在健身房认识的,比我小几岁,平时是个爱热闹的话痨,几年下来,我渐渐和他成了无话不说的好朋友。

最近去健身房,一直都不见他的踪影,这多少让我感到奇怪。出于关心,前两天我给他发了条微信问其缘由,才得知是因为他第一次升了职,比以前更忙了,没有时间去健身。替他感到高兴的同时,我也想起了以前和他喝酒时,他常和我絮叨的那段过往经历。

也许很多人都在高中时代听过老师的这样一句话:现在苦,到了大学日子就自由了。

于是大家好像就都有了一种错觉,大学不再是一座象征着知识殿堂的学府,而成了我们终于不用被限制的小天堂。在那里,我们可以自顾自地做自己喜欢的事,逃课、上网、追剧、打游戏,尽情地享受在自己掌控下的生活,无忧无虑。

陈牧一开始就是这么想的。他从小就被管得厉害,小时候,是父母逼着他坐在窗台前弹钢琴，长大后，就是老师逼着他背书考试，仿佛是被连拖带打地才过了人生的独木桥。

在高压的环境里久了，猛然得到自由，陈牧很快就迷失了自己。他就像大学校园里每一个班级都会有的网瘾少年，能逃的课绝不出现，不能逃的课哪怕是雇人代上，也不会在课堂出现，有时候仅仅就为了游戏里一场规模宏大的团战。偶尔看到努力奋斗的同学，陈牧也会有一瞬间的慌乱，但期末低空飘过所有科目时，他又会得意地想：你们努力了又怎么样？我就算天天不上课玩游戏，不是照样可以考过？这要是我学习了，会比你们差到哪里去？

抱着这样的想法，陈牧混过了大学四年。但等真的要找工作时，陈牧傻眼了。

他第一次知道，原来那些工作单位对员工的要求，远不止一张名牌大学的学历那么简单。看着同学们拿出一张张奖状、证书和各种光辉灿烂的履历时，陈牧才恍然明白，自己究竟用最宝贵的四年大学时光，换来了什么。

陈牧家境尚可，从小被父母捧在手心长大。走出父母的庇护后，他才发现，社会有多残酷，多现实。你想要从它那儿得到什么，首先得千百倍地付出才行。

像是从一场无尽的梦里猛然惊醒般，陈牧终于尝到了慌乱和悔恨的滋味。他找了份自己并不喜欢的工作，每天朝九晚五，忙忙碌碌后得到的工资屈指可数。捉襟见肘时，陈牧问自己：这是你想要的生活吗？你这辈子就想这么过去了吗？

答案当然不是，于是陈牧咬牙忍下所有辛苦，更加努力地工作起来。

他一边做着原有的工作维生,一边再找各种兼职,赚到的钱也统统投入到自我提升的计划里,毫不吝啬。后来,陈牧跳槽离开了原来的公司,到了一家薪酬和发展都不错的新单位里就职。昔日一起玩耍的狐朋狗友见陈牧发展得好,又围过来问他成功的秘诀。

陈牧什么都没说,只是在心里想:我不想再后悔一次了。

很久之前,陈牧读高中时,看过江南写的《龙族》,里面有这样的情节:少年楚子航与父亲一起遇险,在父亲的要求下,他独自逃出了险境。楚子航成了幸存者,却在余生里,永远在悔恨的情绪中度过。

书里说,人最痛苦的情绪是悔恨,你后悔你做错了事,你恨的不是别人而是自己,你连报复都做不到。看的时候觉得不过尔尔,但多年之后,等他终于也尝到了悔恨的滋味时,陈牧突然就明白了路明非那句非常中二的台词。

路明非说,我不想悔恨,因为我见过悔恨的楚子航。与其失去后提着刀想要报复却找不到仇人,还不如就在此刻熊熊燃烧。

说来俗气,但陈牧自觉,从来没有为什么目标熊熊燃烧过。他不是小说的主角,身世不悲惨,也没有满世界乱跑的龙类等着他去解决。陈牧只是个普通人而已,吃喝拉撒,逃不过普通人的圈子。他自视特别,最后也不过是故事里另一个路人甲,在所谓的"自由"中迷失了自己,忘了如何去为梦想的一切奋斗。

不是所有错误都有被修正的机会,也不是所有悔恨,都有被

没有什么比你大声说出『看,我就是可以更幸福,因为那份幸福你要得有底气。

挽回的时刻。

人会悔恨什么呢？选择时不够决绝，决定后不够投入，投入后不够笃定，笃定后不够坚持？生活是由一个个选择堆砌而成的，所以向往那条没有走过的路，是人生来的本能。

蔡康永说，十五岁时觉得游泳难，放弃游泳，十八岁时遇到一个你喜欢的人约你去游泳，你只好说我不会呀。十八岁时觉得英语难，放弃英语，二十八岁时出现一个很棒但要会英语的工作，你只好说我不会呀。人生前期越嫌麻烦，越懒得学，后期就越可能错过新风景，错过让你成功的人和事。

很多人在时光过尽的时候都会说，"早知道"或"我本可以"。

但事实上，不会有"早知道"，也不会有"我本可以"。人生就是这样，往往最大的遗憾，不在于已经做过的事情，而在于那些没有做过的事情。少年时，没有静下心为自己积淀；青年时，没有努力奋斗；中年时，没有孝顺父母；晚年时，没有享受过自己的生活……

驻足回望前半生时，人往往有相似的态度，那就是做过了，无悔，没做过的，魂绕梦牵。

人本身就是种矛盾的动物，忽视当下，却乐此不疲地幻想着来日，遗忘了现实在指尖挥霍的每分每秒，却总是无声处彻夜难眠，百感交集地追悔着明明知道已经无法重来的昨天。

今日为昨日的事悔恨，明日又为今日的事悔恨。这样悔恨来悔恨去，什么时候是个头呢？黄金般的年华过去后，到了白发苍苍的年纪回顾一生，依然还是无尽的悔恨。

这又有什么意义呢？不过是浪费时间罢了。

与其悔恨那些未追求的梦想，未去的远方，未爱的人，未做的事情，不如沉下心来，去面对自己已成定局的生活。因为你要是现在还拿不出改变现状的勇气，跳出循环，还不激励自己去奋斗，那么你迟早有一天会站在未来回视现在，满心悔恨地想着，早知道我就如何如何了，或者是我本可以如何如何，而我却没有如何如何……

你现在的状态，是过去的你用努力换来的；而你未来的状态，将由你现在的努力决定。

时间是很奇妙的东西，你可以挥霍它，却不用拥有它。年轻的时候，我们以为我们有大把的时间、大把的精力可以去浪费，可以去挥霍，待到你成长之后，才发现，原来我们以为那么简单的事，却都变得遥不可及。

人生就是如此，珍惜当下，该奋斗的时候要努力奋斗，要抓住机遇。

不是所有的机会都等着你，无论是人，还是事。

总有一天，你会知道，人生最大的痛苦不是失败，而是"我本可以"。

所以，别在来不及的时候，再去悔恨自己本来可以做得更好。千金难买早知道，我们永远无法预知未来，也无法改变过去。既然如此，为什么不早在一开始的时候，就付出百分之百的精力去奋斗呢？

活在当下，努力今天，没有什么比你大声说出"看，我就是可以"更幸福，因为那份幸福你要得有底气。

那些在最朝气蓬勃的年纪里就已经失去热情的年轻人,或许就是不敢去大胆地追逐,才让热情太短,过早地变成了激情。

以梦为马
不坠初心

Run with the dream,
never lose the original heart

▼

Part
4

你总要试着相信些什么，才能自我成长

前些天，睡前翻看朋友圈，不经意间刷到了高中同学七七刚发的状态。

照片里的她站在普吉岛的海边，开心地对着镜头笑着，脸上洋溢着幸福的光芒。那清爽利落的短发，优雅得体又阳光的打扮，在那样一片碧蓝的大海边，看上去就很美好且令人羡慕。

在我的印象中，学生时代的她是个毫不起眼的女生。总是戴着黑框眼镜，留着厚厚的齐刘海，不怎么喜欢与同学交流。成绩勉强算是中等，在老师的眼里是个没什么存在感的学生。

而现在的她，有着收入不错的工作，温馨和睦的家庭，以及经过梳妆打扮后出众的外貌。她以一种完全不同的姿态努力地生活着。

记得毕业后，有一次我们几个老同学见面，她感慨自己能考进一所理想的大学很不容易，谁都无法想象她到底付出了多少努力，所以她很珍惜。

大学四年里，她修完了系里所有的选修课，并且旁听了多门相关的专业课。别的学生出去逛街、K歌的时候，她却在自习室里跟难题做斗争。别人早早回宿舍休息的时候，她还在教学楼的走廊里背单词。她在四年的大学时光里为自己做了很好的知识储备。工作了以后，仍然坚持一边工作一边学习充电，她让我感受到一种生命的蓬勃的力量。而之所以有这些改变，就是因为她始终相信，读过的书，见过的风景，遇到的困难，最终都会沉淀成收获的一部分，为她以后的生活洒下一路芬芳。

其实她的这些想法，跟她高中时看过的同学的一篇文章有关，文章里说："小时候家里条件很不好，给不了我跟别的同学一样的生活条件。在学校，每次遇到下雨，别的同学都站在教室里等家长来送伞，可我知道，那时候家里就只有一把伞，父母还要外出干活用，根本没有多余的伞给我送，然后我就得顶着雨往家里跑，买不起伞的孩子就得拼命奔跑才行。那时候就有一个信念，只要努力奔跑，拼命工作，将来自己肯定能过上好的生活，也能让父母安享晚年。"七七说，她很佩服这种即使没有背景，没有金钱，几乎一无所有的人，却能始终相信，自己只要步履不停，总能换来想要的生活。

看过龙应台的一篇名为《爱情》的文章，其中的一个情节令我印象深刻：

十七岁的华飞和老妈说，高二德文课正在读《少年维特的烦恼》，课堂上讨论得很仔细。老妈问儿子，老师怎么说。儿子笑着说，

或许在尚还年轻的岁月里，
试着去相信点什么应该没有那么难。

她一定想不到老师是如何说的。老师告诉他们,"可不要相信这种'纯纯'的爱。事实上,关系能持久,多半是因为两个人有一种'互利'的基础。没有'互利'的关系,是不会持久的"。

老妈惊奇地问儿子,是否同意老师的这种说法。儿子点头之余,还以好朋友约翰的爸妈为例,给妈妈作了解释。

那天晚上,龙应台和儿子又一起去剧场看了《伊芙塔》。这部以阿根廷沛龙总理夫人生平为故事背景的音乐剧,讲述的是四十八岁享有盛名的沛龙将军,在一个慈善舞会里邂逅了二十四岁艳光照人的伊芙塔。当演到伊芙塔渐渐舞近沛龙的时候,龙应台突然低声对儿子说:"你看,'互利'的理论又来了……"儿子小声回复说:"妈,可是我才十七岁啊,好像不该知道那么多,好像——还是应该相信一点什么吧?"

是啊,十七岁的华飞是该相信点什么吧。而二三十岁的我们是不是也应该试着相信一点什么呢?至少在我们的生活里,仍然有很多事情值得我们去相信和憧憬。

只有为自己的生命注入新的东西,并付出努力,才能慢慢变得美好。而你也会越来越相信,自己眼中的世界始终充满魅力。

几年前,我看过一期《鲁豫有约》,是关于杨丽萍的一期访谈。杨丽萍出生在云南大理的偏远山区,她一向喜欢从大自然中寻找舞蹈的灵感。进入中央民族歌舞团后,传统的民族舞训练技法与她对舞蹈艺术的直觉相悖,她于是拒绝接受集体训练,坚持按照自己的方式练舞。为此,她当时受到了来自多方面的压力和批评。鲁豫问她:"因为这样一些原因,那时候会不会就失去一些演出的机会呢?"杨丽萍回答说:"因为你跳得好,他还是要用你。你只有自信和执着,才能让别人也同样相信你。"正是这种始终如一的自信,使得她以"孔雀舞"闻名国内外,并成为中国第一个举办个人舞蹈晚会的舞蹈家。她所舞出来的那些纯净柔美的舞蹈有着特殊的灵慧气质,总能给人眼前一亮的惊喜和发自内心的震撼。

后来,在一期《杨澜访谈录》中,杨澜也问过杨丽萍,在从事舞蹈艺术工作的三十年中,是否有过苦闷倦怠的时期。她很干脆地回答,没有苦闷过,没有倦怠过。她说:"我始终认为,你只有相信一些东西,坚信你能做到,才能得到相应的回报。所以生命是眷顾我的,结果总是很好。"

是啊,因为内心的充盈,因为对梦想的执着,所以,对她来说结果总是很好。

或许在尚还年轻的岁月里,试着去相信点什么应该没有那么难。七七也好,杨丽萍也好,她们都在相信着自己所坚持的,做着自己想做的事情。

每个人要选择的路都不尽相同,断然没有对错之分。但这个世界,就如麦基所说的:

一个人相信什么,他未来的人生就会靠近什么。

人生很长,别失望得太早

几年前,琪姐过三十岁生日,约了公司里几个关系好的同事一起庆生。

晚饭结束后,大家一起去唱歌。琪姐是个麦霸,那天晚上却奇怪地只是坐在角落默默喝酒。直到所有人都唱过一轮,她才慢条斯理地点了一首歌,坐到吧台的麦克风前,轻声唱了起来。

歌曲的前奏一响起来,原本有点喧闹的包厢突然安静下来,鸦雀无声。

琪姐唱的是彭佳慧的歌——《走在红毯那一天》。

在职场上雷厉风行的琪姐在唱到副歌部分时突然哽咽了,不知是在感叹还是在询问,哀切地跟着伴奏唱道:

数着时间的日子,一点也不好过。
到哪天,他的良心才会发现。

女人呐，要找个真诚的男人，哪有那么难，真有那么难……

琪姐少有这样失态的时候，因而同事们都有些手足无措。

倒是琪姐，迅速止住了失控的情绪，一曲唱毕后，神态自若地招呼同事们继续划拳喝酒，半点看不出唱歌时的伤感来。见她无意多说，大家便也没有多问，毕竟在场的年轻人居多，场子很快就再次热起来。琪姐笑容平和地重新坐回角落，昏暗的灯光下，泪光闪烁。

那首被她用全身力气唱出来的歌，就像是一粒水珠落在烧红的钢铁上，迅速失去了痕迹。

后来，我才辗转从别人口中听说，琪姐有一个小她三岁的男朋友。两个人谈了七年恋爱，在外人眼里如胶似漆，却始终都没有走到结婚那一步。

琪姐在三十岁生日前几个月，向男朋友下了最后通牒：要么结婚，要么分手。

很明显，她男朋友选了分手。

七年，足够人把全身的细胞都换过一遍，却不足以让一个男人的心安定下来，陪同着那个与他共同度过青春的女人走入婚姻的围城。对此，琪姐当然是伤心的，只是她要强惯了，即使是伤心，也不会轻易让人看出来。

有一次闲暇跟她聊天时，琪姐问我："哪一刻，男人才会有想安定下来的念头？"

我说："遇上对的人之后，每一刻。"

琪姐愣了很久之后，才笑着说道："那么，我可能不是他那个对的人吧。"

那是琪姐第一次跟我说起她的前任，故事说到底还是逃不出小说家俗套的框架，无非是一个被年纪和社会所逼迫着急于成家，另一个则觉得自己是那个中二之魂不死的少年，应该成家立业的年纪却还向往着自由、香烟和烈酒。

和前任分开后，琪姐正式跨过了三十大关，彻底成了父母眼中的"剩女"。

也许是因为破而后立的关系，琪姐将分手的事情同父母摊牌，最后也无奈地答应了二老让她相亲的要求。只是，在见过一拨又一拨的"牛鬼蛇神"后，琪姐彻底死了心，她说："现在我对爱情已经没有了指望，我只想发财。"

接下来的两年里，琪姐果然不再迁就父母的担忧，按照自己的步调生活起来。她认真工作，也认真生活。到我离开公司时，琪姐已经是高层里最年轻的女领导。

今年四月，我收到琪姐的请柬，三十五岁的她还是结婚了，先生是她的上级。

我应邀去了琪姐的婚礼。婚礼上，琪姐走上了那条她三十岁时无比渴望的红毯，蒙着白纱，微笑着流下了眼泪。真的就像那首歌的歌词里写的那样，很美，很美。

新婚夫妇交换戒指前，琪姐攥着戒指贴在心口，对着丈夫说道："我二十七岁的时候，很想嫁一个人，但是到了三十岁，还是没有成功。那个时候我以为我一辈子都没办法嫁给爱情了。谢谢你，让我看到了爱情的无限可能，也让我明白了一个道理：人生很长，我好像失望得太早了一点。"

我在宾客席看着新人甜蜜地亲吻，只能用鼓掌来表达自己的祝福。

在这个充满快餐式爱情的时代，相恋和分开都显得那样随意。很多人都觉得爱情是个没有什么仪式感的事情，分分合合，不会没有了谁就过不了。于是认真反而成了一种让人发笑的特质，所以世间才会多了那么多被伤透的灵魂。

不比那些一旦有明星出现恋情告终或婚姻破裂时，就敲着键盘号称"再也不相信爱情"的无知少女，那些早早对爱情失望的人往往都是平静和冷淡的。他们表面上仍是嬉笑怒骂地过着自己的生活，情感中却把自己包裹在柔软的茧里，不谈将来，也不谈过往。

爱情在他们的生活里渐渐弱化，变成房间角落里一株沉默的植物，不会被想起，也无法被丢弃。甚至有时候，他们会发自内心地觉得，没有爱情，也许生活会更容易。

他们不渴望爱情，不渴望婚姻，因为相信世间所有感情，永远都有可能被辜负，永远都是开始时妙不可言，然后热情递减，激情退去，只剩疲倦。

陪伴和快乐都是有代价的，这些人，为了避免结束，干脆就逃避了开始。

少年时那种怦然心动的感情消逝之后，人其实很难再纯粹地喜欢一个人了。所以那一点点喜欢，其实是很不容易的。有些人啊，他太早遇见那个错的人，太早对爱情失望了，所以即使那一点点喜欢出现时，都想逃避，都觉得无话可说。

有时候他们甚至会极为悲观地想：是不是世界上，根本就没有所谓的对的人呢？

我想是有的，所谓的那个"对的人"会存在的。

他可能不那么高大，不那么帅气，不像小说里写的、电影里演的那样无所不能，但他从来，也永远不会让你失望。他会陪你入睡，陪你起床，陪你在三伏夏日里汗流浃背地吃火锅，陪你在深夜的街道上举起冒着白沫的啤酒，连笑容的弧度都是你最爱的。

他会找到你的，你要等。

你不能过早地对这个世界失望，更不能过早地对爱情失望。你要相信，这个世界早已为你准备了另一个刚好的灵魂，你们相遇时，便会一眼认出对方。你不必伪装自己，他也不用假装幽默，两个人多看对方一眼，都能傻傻地笑出来。

我们都不想太容易地把自己交付出去，我们都曾希望自己能遇上那个"对的人"。

如果你早早就对人生和爱情失望，如果你早早就停在了原地，放弃寻找，那个"对的人"，也会像你一样，经历着苦涩而孤独的生活，在深夜里合不上疲倦的眼睛。

你要相信那个人就在路上，正向你赶来，在那之前，你要满怀着热情，一边等待，一边去寻找。如果他暂时迷失在人海，那么，由你去找到他，由你怀着满腔的热和沉甸甸的爱走到他身边，抓紧他，拥抱他。

人生那么长，你难道不想和那个足够喜欢的人一起过吗？

如果现在就放弃，那么你可以接受将就吗？和一个所谓合适的、门当户对的人结婚生子，没有深爱，也没有默契，更没有互相懂得和贴心陪伴……两个人就这么浑浑噩噩地过一生？我想这应该不是你所期望的吧？相信你是宁愿怀着希望等久一点，宁愿多孤独一点，也希望最终能等到那个人，然后牵着他的手走过这一生。哪怕要用尽所有方法，哪怕要付出各种代价，只要最后是那个人，就好。

人生很长，别失望得太早，他还在路上。

你要相信那个人就在路上,正向你赶来,在那之前,你要满怀着热情,一边等待,一边去寻找。

父母最好的呵护,是凝望和目送

大北是我身边年龄最大的单身汉,今年三十五岁,至今未婚。

用常人的眼光看来,大北的单身实在是不合常理的事情。他是"211"高校的毕业生,身高一米八四,因为勤于锻炼的关系,身材极好,工作也稳定,收入丰沛的同时,也没有什么令人难以忍受的怪癖。无论从哪个角度来说,他都能算得上是当代"三好青年"。

但就是这样一个"三好青年",在大家不解的目光里,认认真真地单身到了三十五岁。

有一回,他很平静地跟我们说,自己并没有结婚的意愿。

想了一会儿,又补充了一句:"就说有,也早就被我妈给磨光了。"

大北的母亲我见过,像中国大部分即将老去的母亲一样,长发,花裙,每天最大的爱好就是傍晚在家门口跳广场舞,然后跟自己的老姐妹说些家长里短,看起来并没有什么异样。在看到儿子的朋们时，也会热情又友好地邀请他们去家里小坐。

在外温和又礼貌的大北，在母亲面前却经常是无奈与厌烦的神态，与他平时留给我们的印象截然不同。因而最开始确实是让朋友们都感到十分讶异，但碍于情面大家都不好多问。

大北跟我们在一起的时候，也从来不跟我们讲起家人的事。偶尔参加朋友聚会聊起父母长辈，也只是淡淡一笑。他仍跟母亲住在一起，每天晚上十点没回家，母亲必然会打电话催促。有好几次大北起身回家时，眼里都是极无奈也是极烦躁的，但只要母亲打了电话，他还是会起身收拾东西离开。

最开始我们都以为他只是个大龄"妈宝男"。后来，有个朋友看不下去了，才替他解释了一回，说："大北不是'妈宝'，也不是孝顺，他是怕。"

怕什么？怕他妈闹。

大北虽然优秀，但也是个普通人，怎么可能真的没有谈过恋爱呢？

他第一个对象，是大学时候谈的，两个人情投意合，毕业的时候相约见了对方的父母。因为女孩的父母就居住在大北大学所在的城市，大北就先去见了女方的父母。

女方的父母对大北很满意。大北沉浸在幸福里，很快就把当时的女朋友带回了自己家。

儿子带女朋友回家，作为母亲当然是高兴的。大北一进家门，就发现了母亲的用心准备，新的被褥，新的洗浴用品，家里从上到下窗明几净，无不透露着母亲对女友的重视。大北安了心，开开心心地带着女朋友住下，那几天里，还抽空带女朋友去了自己以前读过的高中看看。

但就在大北和女友返程前的一个晚上，变故突然发生了。

女友在言谈中不经意地向大北的母亲透露了大北先去自己家拜访的事，母亲愣了许久，等终于反应过来，便是一阵狂风骤雨般的发作。

在母亲的眼里，大北先去了女方家的行为是"倒贴"，女友带着大北去她们家的行为是"不要脸"，进而便延伸到女友要把大北拐进自己家做倒插门女婿。而大北就是"上赶着"进女方家，就是图人家在大城市里有房，想少奋斗二十年，要把自己抛下。

女友当时也不过才二十二三岁，哪里见过这样的阵势。她甚至不明白自己说错了什么，便眼睁睁地看着大北的母亲瞬间变了脸色，用他们当地的方言冲着大北怒吼着。大北才回了几句，他母亲便骤然暴起，将桌上精心准备的饭菜扫落在地，指着女友的鼻子破口大骂起来，甚至还换了说得并不顺溜的普通话，内容极其难听，从"不要脸"骂到"狐狸精"，歇斯底里，丝毫没有一个退休职工该有的体面。

最后的结局，是女友直接买了当天的机票，带着行李连夜离开了大北家。

大北想追，但是母亲跨坐在窗台上，一边哭，一边对他说："如果你今天敢踏出我们家这门，你前脚去，我后脚就从这里跳下去。你要是狠得下心，就踩着我的血去找那个'狐狸精'。看看你们在一起了，能不能安心，能不能过得下去！"

看着头发散乱且满面泪痕的母亲，大北终究还是没有狠下心来。所以他和第一任女友，就这样分手了。

和第一任女友分手后，大北消沉过一段时间。

母亲在确认大北和女友分手后，迅速恢复了大北熟悉的慈母模样，一天定时三个电话，嘘寒问暖，闲着没事就给儿子微信发个红包，寄寄家乡的土特产。

当时大北还年轻，慢慢走出失恋的阴影后，还是和母亲修复了关系。他按照自己的规划读了研，一边读书，一边兼职着供养自己和母亲，然后遇到了第二个对象。吸取之前的教训，这一次，大北没有那么快把女友带回去，但从大北言辞中有所察觉的母亲，却直接悄悄去了大北所在的城市。

这一次，大北的母亲甚至都没有闹，直接用一句话就逼退了女友。

她说："颧骨高的女人，克夫。"

第二次分手后，按照惯性又有了第三次、第四次。母亲反对的原因千奇百怪，却终于逼退了大北那颗想要与某人一起白首的心。他渐渐习惯了一个人的生活后，母亲却又做出了一件出乎大北意料的事情，她卖了老家的房子，收拾好家里所有的东西，去找大北。

这一次，面对白发的母亲，大北再也无法反抗，选择了默默承受。

母亲用在老家卖房子的钱为大北付了一套房子的首付，她要求大北还贷，却只在房产证上写了自己的名字。她的说法是，怕这套房子被大北将来的妻子"骗走"。

"反正我的东西迟早都是留给你的啊。"

看着理直气壮的母亲，大北无言以对。他像是被所谓的"母爱"捆绑到无力展翅的雄鹰，疲倦至极地同意了母亲的所有想法。

因为大北知道，就算他不答应，母亲也有千百种方法逼迫他答应。从哭到闹，从晓之以理、动之以情，到歇斯底里、拼命纠缠，母亲没有体面也没有温情，她只想完完全全地控制自己的儿子，在她无法控制自己的丈夫之后。

大北过了三十岁之后，母亲终于渐渐着急起来，她小心翼翼地劝大北见女孩，还保证自己绝不会干涉大北的选择。可是大北不信了，他所有对爱情的幻想都毁了，也不想去祸害谁，干脆就这么单着吧。偶尔看着母亲苦口婆心的模样，还会发出冷冷的嗤笑。

他满足了母亲的控制欲，却固执地保存了自己最后的那一点自由。

眼见着儿子和自己关系越来越差，大北的母亲也曾困惑，我们年节去他家小坐时，她也会悄悄地征询我们的意见。看得出，她不是假装，是真的不明白。

因为在她眼里，儿子是她身上掉下来的肉，儿子从出生到死亡，都应该是"听话"的。"更何况，我是为了他好啊。"大北的母亲时常这样说。

是啊，"为了他好"，多少父母秉持着这样一句格言，却为了满足自己的控制欲而毁了儿女的一生呢？豆瓣分组"父母皆祸害"里，一篇一篇都是子女充满无奈的记录。他们在无限被爱的同时，也在被伤害，被控制，甚至被慢慢地毁灭。

这些以爱为名的父母，最后好像都没有得到子女们的感谢或者理解。就像微博上曾盛行过的一句话：

> 我们穷尽一生都在等父母说出"对不起"，而父母一生都在等我们说"谢谢"。最终，我们谁都没有得到自己想要的。

中国有一个成语叫"展翅高飞"。但对中国大部分的父母来说，他们往往年轻时没有想过自己要如何努力地去飞，便自己放弃了飞行，选择安定下来搭巢筑窝，生养一只小鸟，勒令后代替自己飞。于是各种外语班、乐器班、天才早教班四处泛滥，家长们见人就让孩子站在众人的目光里露一手，非要让人夸孩子一句，自己则配合地表演说"哪里哪里"。而孩子沉默地站着，不理解这种虚荣的表演是为了什么。

我想，所有的父母都应该明白，虽然是你给了孩子生命，但当他降生的那一刻,他就不再属于你了。无论是在社会意义上,还是法律意义上,他都是一个独立的生命,是独立的个体,拥有着自己独立的尊严和思想。你可以控制他的选择,却不能控制他的心。

你的控制和守护都是出于善意,你想让孩子"稳定"和"成功",你想传授自己的经验,让孩子少走"弯路",你想用自己的背脊将这个世界对孩子的伤害都一一挡下……那些为父为母的心,孩子们都能理解,但那却绝不是你以爱为名,控制和禁锢他们的理由。

要知道,这世界上所有的滋味,只有自己去选择和经历,才不会惭愧和后悔。

他的骨和血来自于你,但他是自由的。

你可以一直看着他,看着他出生,看着他长大,再看着他渐渐走远,走到你只能看到他背影的地方。你可以用目光送他一程,但不要用自己密密麻麻的爱意化成绳索,将孩子捆绑在羽翼下,永远不让他经历风雨,永远不让他有自己的人生。

你应当是他的依靠,他的港湾,而不是一堵高墙,拦住他展望世界的目光。

父母最好的呵护,应该是凝望和目送,而不是以爱为名的捆绑和阻拦。

希望已经为人父母的人懂,也希望即将成为父母的我们懂。

人生最大的修行是修自己

我曾经有过一段非常艰难的时期。当年父亲在一次外伤后得了败血症，好不容易痊愈后，又在体检中查出骨髓纤维化，数月内血小板一度低到个位数。面对汹涌碾来的命运，我们只能陪着父亲辗转求医，最后以举家之力，为他更换骨髓，在绝境中求一线生机。

听到消息时我在学校，母亲在电话里压着哭腔通知我，我站在即将上课的教室外，最开始只觉得困惑又迷惘，而后便是深深的无力。

不幸中的万幸，叔叔的骨髓跟父亲匹配，不久，叔叔就赶赴北京，在那年的五月，为尚在移植仓的父亲抽出骨髓血和造血干细胞，完成了父亲向死而生的转机。

当时我陪着叔叔一起去北京，那时候高铁还不多，我们为了节省时间，坐了五个多小时的客车。

我至今还记得，那天的天气很好，客车途经了很多我不曾到过的地方。看着那些劳劳碌碌、毫无所知的陌生人，我忍不住再一次想，为什么呢？这算是什么写好的命运吗？为什么迎接这样命运的不是那些作了恶的坏人，而是一直清白努力生活的我们呢？我们又做错了什么，要被逼着迎接这样的命运？

我反复地询问着自己，却也清楚地知道，不会有人回答我的问题，因为不是每个问题，都会有一个清晰又明了的答案。

也就是在那一段时间，原本和大多数人一样对神佛之说无感的我，慢慢开始阅读佛法。

现在想来，也许是因为当时太过绝望而又无人能够求助的关系，所以只能把希望寄托在虚无的神佛传说上，渴求着一点心理上的安慰。虽然明明知道对现状没有帮助，但总是会想，也许，也许呢……也许在我不知道的地方，真的有漫天神佛中的一个能睁开眼睛，解我苦难呢？

后来，父亲成功更换了骨髓，慢慢恢复，回到家中休养。

所愿得成，而我也养成了读佛经和进寺庙的习惯，也慢慢尝试和寺庙中的僧人交谈，还在旅行的时候认识了一位独自在寺庙中修行的僧人，法号"无相"。

他在一个偏远的小寺修行。见到他时，我正跟着向导爬山，远远看到一座小小的寺庙，便停下脚步，双手合十，默默地行了一礼。正要往前走，却看到庙前站着一位青衣僧人，目光柔和地看着我，姿态更为恭敬地还了一礼。

我心生好感，便上前和他打了个招呼，顺便到庙中去走了走。

寺庙不大，白墙青瓦，中间的大堂里放置着金色的佛像，像前放着一个燃着香的小炉，四周整理得极为干净。甚至在佛像的右下角还放着个白色的细长瓷瓶，里面装着清水和一枝含苞待放的荷花。清凌凌的荷花与面容慈和的佛像两相辉映，格外动人。

我和无相师父坐在院中，一边聊天，一边喝了盏热热的茶水。

无相师父已经五十岁，因为长期食素的关系，显得有点清瘦，穿着夏天的短衣，整个人看上去干净清爽，眉眼里总是带着豁然的笑意。

他对佛经的理解很透彻，经历也丰富，相比之下，更为年轻的我在无相师父面前简直幼稚得像个轻狂少年。我们谈起近年总会出现的佛教信众放生动物的新闻，无相师父有点不赞同地摇了摇头。正要说话时，却听见庙门口有极为喧闹的动静。

我们连忙起身去看，门外几个人，大概是本地山民，其中一个躺在地上，满面青白，腿上不知被什么划出一道深深的伤口，正汩汩地淌着血。

庙的位置在半山腰，几个山民满脸急色，吵吵嚷嚷地说着本地方言，我也听不懂，只能手足无措地站在一边。无相师父则立刻把腰间的带子解下来，上前扎在伤者膝盖上三分之一处，为他止血。过了一会儿，血慢慢止了，无相师父便让几个山民把庙门拆了一半下来，把伤者抬进了庙中。

我虽然不是完全的佛教信徒，却也知道寺庙是不能见血的，一时有点怔愣，叫了无相师父一声，问是否需要拨打急救电话。

无相师父说，没事，他以前就是外科医生，可以处理。

他面目平静，看起来毫不介意，我也就收了声音，跟在无相师父身后帮忙。最后将受伤的山民送走时，已是午后，无相师父把血迹收拾干净，重新在佛像前点了新的线香。他做了斋饭招待我，然后说，佛祖啊，看得见慈悲，也看得见污秽，他既不会因为你一次自以为是的善行为你积福，也不会因为你触犯了一个所谓的禁忌就降下惩罚。人生最大的修行，不是修佛，而是修自己。

旅行回去后，我在微博上看见了一则消息，说的是当年汶川地震后，什邡市妇幼保健院病房大楼成了危房。于是院长去找隔壁罗汉寺的僧人，问能不能让他们将临产的孕妇安置在寺里。去之前，院长并没有把握住持一定会答应，心中忐忑不已。

但没想到的是，住持竟然没有多想，应了下来。

于是，孕妇住在寺内，杀鸡煲汤补养身体，然后又一一产下婴儿。最后，直到产妇们撤离寺内时，罗汉寺里总共诞下了一百零八个孩子。灾区重建后，这一百零八个孩子的妈妈每人从孩子的衣服上剪下一块布，缝成了一件百衲衣，送给了寺内的住持素全法师。

很多人都知道，佛教讲究戒荤腥、杀生、血光，但在住持收留这些孕产妇后，寺内的僧人算是把这些戒律一项一项破了个干净。但没人有怨言，甚至还说出了一句让我无比触动的话语来：佛

佛从来没有干预过人的选择,
所有结果,都是人自己走出来,自己选出来的。

无定法，众人的苦难都是我们的苦难，众生欢喜就好。

看到这一句话，我突然想到当时无相师父为那位山民缝合伤口的神情，虽然无从比较，但是我想，应该和当年的素全法师有相似之处。也就是那一刻，我突然放下了年少的执念，不再时时刻刻去向那诸天神佛问为什么。

佛望世间，包容一切。所以，很多人的经历，都不是自己想象中的那样，是佛祖安排的修行或惩罚。那只是很多微小的因，慢慢结出来的果。归根结底，佛从来没有干预过人的选择，所有结果，都是人自己走出来，自己选出来的。我们无从知道每一次选择能带我们到达的地方，佛只是看着我们，远远地等待着每一个人的抵达。

就像无相师父说的那样，人生最大的修行，不是修佛，而是修自己。

而佛说，我无定法，众生欢喜就好。

希望你对生活抱有热情，做的都是自己热爱的事

读者经常会在我的公众号下面留言，有人说，毕业以后误打误撞进了一个还不错的公司，却做着自己不喜欢的工作，一直想离开去做自己真正热爱的行业，却始终没有勇气迈出这一步。还有人说，面临大学毕业，为看不到未来的生活与希望而感到迷茫，好像对所有事物都失去了热情。

我相信，曾经每一颗年少的心里，都一定装下过上百种不一样的生活方式，开始我们总希望自己选择的是最与众不同并且多姿多彩的那一种，但往往由于这样或那样的原因，只能中途放弃，到头来生活仍旧归于乏味。

知道夏夏是因为她一直关注我的文章，时不时地还会给我讲一讲她经历过的故事。这个二十一岁的姑娘，大学毕业后，特别向

往一种自由的生活状态，也希望自己未来按照自己想要的方式生活，于是她没听别人的劝阻，放弃了父母给她安排好的安稳工作，毅然选择了自己一个人出去闯荡。我记得她告诉我，周围的朋友都对她的决定表示反对："夏夏啊，你一个女孩子家出去闯荡什么啊？这样不是在自寻烦恼吗？是不是傻呀你？"她也只是傻笑着，并没有回应什么。不过值得庆幸的是，她的父母虽然也不赞同她看起来有些天真的想法，但最终还是尊重了她的选择。

一开始，不到一年的时间，她竟然接连换了五六份工作，这样的结果，连她自己都开始有点退缩，甚至质疑自己。她偶尔会给我留言说，她又换工作了，她对自己越来越没有信心了，怎么办？我时常也会鼓励她，既然决定让生活更有意义，那就干脆大胆地去闯。毕竟，路是人走出来的。不过，前段时间她兴奋地跟我说："琮哥，我找到了一种环游世界的方式，好替自己开心啊！"

夏夏如今在一家全球连锁的五星级酒店工作，这已经是她生活的第二个城市了，几个月后，她打算换第三个城市。她说她要走遍这家酒店所在的每一个城市，这样就可以到好多个地方，看不同的风景，见形形色色的人了。

"这个职业，感觉跟酒店试睡员有些相似啊。"

"酒店试睡员？我也超喜欢那工作呢。不过，琮哥你想多啦，我哪有那本事呀，我也就是酒店的一个普通员工而已。只是，有一次我私下跟领导聊天，他突然问到我人生最大的梦想是什么。我说，是环游世界。还以为他会笑我很傻很天真，结果，意外的是，他竟然很理解且很支持我这样的想法。"夏夏跟我说道。

她还利用空闲时间学一些其他国家的语言，希望以后去国外的酒店找个相关的工作。这样就能满足她一直以来想环游世界的梦想了。

我看得出来，虽然夏夏知道这样的想法实现起来难度很大，自己也有很多缺点，但她仍旧感到很知足，也很快乐，她永远对生活抱有热情和想象。

生活真的需要夏夏这样的热情，因为热情，所以热爱。那些在最朝气蓬勃的年纪里就已经失去热情的年轻人，或许就是不敢去大胆地追逐，才让热情太短，过早地变成了激情。

在我们同龄人中，老吕无疑算是佼佼者。他思想成熟，知识量丰富，总能给别人很多中肯的建议，他不仅是我的朋友，同时也是我的老师，给过我很多启发，比如说要热爱生活，要对美好的事物时刻充满热情。

他离开北京大概有一年的时间了，近来他跟我说："当初真的是放弃了一切，只带着梦想去的北京。在那里独自闯荡生活了许多年后，突然就明白了自己真正热爱的到底是什么。你会觉得，很多事情，学习了，积累了，其实也就够了。延续梦想的方式有很多种，也并非只有倾尽所有这一种。当你成长到一定的年纪，就会越来越能理解人总要回归本源的道理。我之所以选择回到自己的家乡，去陪着妻子和爸妈，就是想让自己在一个平静惬意的地方过后半生，有一份自己热爱的工作,也时刻保持着对生活的热情,最重要的是跟那些爱我的人在一起。"

老吕离开北京的那天晚上,在去火车站的城铁上,车窗外面万家灯火,车厢里一如既往地人潮汹涌。他当时感慨地写下一段话发到了朋友圈:

> 喜欢坐城铁看着来来往往、行色匆匆的路人:列车里,有无处安放灵魂的行尸走肉,也有心怀希冀的追梦人。而我,现在也成了这座城市里最普通的过客。雁过无痕,苍穹既往。

实际上,早在去年我去北京出差见到老吕时,他就说了要离开北京的想法,而想法是在来跟我见面的路上突然产生的。当时的我很奇怪,一份收入不菲的工作,闲暇之余还能约上三五好友吃吃喝喝,凭借努力可以在这个城市落地生根,他却想离开,真是太不知足了。这样的生活,是多少正在北京奋斗的年轻人梦寐以求的啊。我问他为什么。他说他的爱情本就比别人辛苦,他不想因为异地的缘故让他的爱情岌岌可危,也不想只顾着在事业上大展拳脚,却丢弃了对生活原本的热情,他想要尝试做些自己喜欢的事情。

所以,老吕最终果断地离开了。为了他所热爱的人和事,他放弃了一份做得不错的工作,一段看上去前途光明的未来。他回到老家做了以前向往却一直没能实现的大学教师。现在的收入虽然不及在北京时高,但他也凭自己的能力买了套房子,和自己爱的人在一起生活得很好,父母也常常过去小住几天,帮忙看看孩子,一家人在一起其乐融融。他说他坚信日子会越来越好的。

"岁月静好,温和从容",用这八个字来形容老吕现在的生活,应该是再恰当不过了吧。

我很向往老吕这样的生活,或者说我们都习惯于羡慕别人的生活方式,很希望有一天自己也可以那样生活。但是大部分人总是念着喜欢这个,热爱那个,却很少为了所热爱的生活真正付出些什么。实际上,每天为了喜欢的事情做些努力和坚持,就代表你能对生活始终抱有新的认识和足够的热情。

在这个地球上,有人朝九晚五地上班;有人旅居他乡,四海为家;有人为了实现梦想默默坚持;也有人离群索居,自给自足。在这些说不尽的千万种生活方式里,每个人都有自己热爱的活法,承担着生活的重压,而我始终坚持着寻找最幸福的一种,那就是,每天的笑容都是发自内心的,所有快乐,无须假装,永远抱有对生活的热情,所做的都是自己热爱的事。

每天为了喜欢的事情做些努力和坚持，
就代表你能对生活始终抱有新的认识和足够的热情。

这个城市总有一盏灯是为夜不归宿的人亮着

你终要避过别人口中的希望

七年前,心血来潮,突然想来场说走就走的旅行,于是背起那会儿刚买的佳能 5D3,也没约什么朋友,就兴冲冲地一个人坐火车去了湘西。

和很多人一样,我也是在早年间看过沈从文的小说之后,便对古城有了一种奇异的向往。

想来,人的好奇心都是这样,容易被外界影响,谁也不能免俗。但实际到了湘西之后,我才发现凤凰古城虽美,但已经多了很多人造的痕迹和商业化的气氛,不再是沈从文小说里纯澈美丽的世外桃源。到处都是带着旅行团东奔西走的导游,他们举着大喇叭,扬声向旅客们介绍着景点,听着实在让人觉得无聊又聒噪。

正值端午前后,古城里还举行了个号称重演《边城》场景的捉鸭子大赛。小说里非常可爱的习俗,发生在现实中并不那么容易让人接受,我在河边刚看一会儿,就被主持人刻意拉高的音调刺得耳膜生疼。其他人倒是兴致勃勃，还有导游把手持扩音器借给参赛团员的家人，用来给选手们加油。锣鼓喧天中，我感到深深的不适，只好飞快离开了现场。

远离河边后，热闹的声音变得隐隐约约，我缓了口气，慢慢地走回客栈。

可能是没有了第一天刚来时对古城的新鲜感，第二天，我干脆就留在了客栈里，没有出去。

我住的客栈是本地人开的，古色古香，并没有刻意打理，但也因此显得格外淳朴可爱。客栈的院落里有一池流动的溪水，上面漂着几片圆圆的荷叶，四周白墙黑瓦的壁上爬满了不知名的绿色植物，清新自然。即使是在凤凰古城里，这座庭院依然美得遗世而独立。

午后，我拿着相机在院子里拍照，一边拍，一边逗着客栈老板养的一只橘色胖猫。这个时候，突然有个小姑娘，不知道从哪里跑出来，跟我搭讪，说今天在什么什么地方还有端午节的活动，还问我要不要去。如果要去，她可以带我，只要五十块就可以。

我被小姑娘的突然出现搞得有点不明所以。眼前的她，穿着特色服饰，一双黑白分明的眼睛让人印象深刻，清澈得像是能映出世间万物。沉默几秒之后，我便好奇地笑着问她是谁。小姑娘叫陈俏，刚满十五岁，现在跟着姑姑，在凤凰古城里做导游。

我本来就不是个爱凑热闹的人，加上对昨天吵闹的大赛心有余悸,更不想特地再换了衣服出去,就拒绝了她。陈俏也不气馁,睁着大大的眼睛定定地看了我一会儿,问:"我昨天也看见你了,捉鸭子的时候……大家都在比赛或者看比赛呢,为什么你要一个人走掉呢?"

她问得认真,我也就认真地回答说:"我不喜欢吵闹的环境,所以就走了。"

陈俏咬着嘴唇,默默地看着我,又强调了一遍,说:"可是大家都在那里啊。"

我有点诧异,把手里的相机放下来,回头看向面容稚嫩又执着的女孩子,有点困惑。

虽然搞不清楚情况,但我还是斟酌了一下,对她说道:"如果有些东西你不喜欢,那就是不喜欢,就算全世界的人喜欢,你也不一定非要跟着喜欢。所谓君子和而不同,我觉得个人喜好这种事情,不用刻意迎合大家,自己舒服自在就好。"

陈俏安静地看了我一会儿,转头跑了,头上美丽的银饰发出风铃般清脆悦耳的响声。

我在客栈休息了一天之后,又开始在古城里闲逛。

端午节的热度过后,古城安静了些。我拿着单反拍摄街道上的房屋、风景和植物,虽然当时玩单反的技术并不熟练,但是一边摸索着一边学习着记录,倒也有种别样的乐趣。

我举着单反仰着头拍摄雨后的天空,低下头看照片的时候,突然感觉有什么人在看着我。我抬头去看时,就看见那个陌生的小姑娘躲在墙角边上,静静地看着我。见我发现她,陈俏也不躲,落落大方地走过来,对我说:"我能看看你手里的相机吗?"

想起那天她沉默又执拗的样子,我意识到了什么,也就把相机递过去,让她看里面的照片。陈俏很认真地看着,一张一张地翻过去。看完所有照片后,陈俏把相机还给我,欲言又止,最后还是问道:"你相机里为什么没有自己的照片呢?你不是来这里旅行的吗?"

我回答她:"因为我不喜欢拍人像。"

这一回小姑娘没再问为什么,她似乎已经明白了我当时解释过的话,乖乖地站在我面前,问我说:"你拍了很多老房子和花,是因为喜欢吗?我知道一个地方,特别漂亮,因为路程远,所以很少游客去。如果你想去的话,我可以带你去。"

我正要说话,陈俏赶紧打断我,很着急地解释说:"我不收你钱的!"

她稚嫩的面容上写满了真挚,让一向不喜欢结伴出行的我突然有了一种奇异的愧疚感。不得不说,眼前她的状态和模样,就像是自家的一个小妹妹,我心软了软,也就跟着去了。

我们去的地方确实有点远,但也确实美,让人流连忘返。

回程的时候,我还是拿出来一点钱给小姑娘,算作对她花费时间的补偿。可见我拿出钱包,原本笑得开心的陈俏一下子黑了脸,也没接钱,转头就跑了。

第二天，陈俏来我住的客栈找我。

这一次，她没有穿自己民族的特色服饰，而是一身校服，扎着马尾，看上去就像城市里随处可见的中学生。我本来以为小姑娘闹了脾气，没想到会这么快见到她，就笑着问陈俏说："是端午节假期结束了吗？要回学校上课了？"

陈俏严肃地回答我："嗯，我要回学校上课了！"

陈俏走了之后，我才从客栈老板那里知道，陈俏的家人都是做旅游地接的，就靠着古城吃饭。在他们的眼里，像陈俏这样的女儿，只要读完初中，识了字，能算数，就没有什么继续读书的必要了。但陈俏不甘心，她一方面勉强承认父母想法的正确性，一方面又不想放弃自己的学业。

从小陈俏就开始在家帮衬着父母的事业，但她也曾渴望过有和父母不一样的人生，却不知道这所谓的不一样，到底该是什么样子。

后来，陈俏在写给我的 E-mail 里说："我是家里第一个孩子，父母都不那么宠爱我。弟弟出生后，为了得到父母的肯定，从小就讨好他们的我又开始'无怨无悔'地讨好弟弟。那个时候，我没有自己的喜好，也没有自己的声音，无论什么事情都让父母决定，只是想从他们嘴里得到一句'懂事'或者'听话'的夸奖。而你第一个告诉我，我自己的感受，是可以大于别人的感受的，我应该成为自己想成为的，而不是他们想要的。"

我很难说清楚自己在其中扮演的角色，偶然间和她匆匆相遇，又匆匆分离。只是，在陈俏的强烈要求下，我留了她的邮箱，答应把那天一起出去时拍的照片发给她。

从湘西离开后，我记了陈俏很久。

我向陈俏留给我的邮箱里发了照片，第二天看到她的这番讲述和回复，考虑很长时间后，又回了她一封电邮：

> 这个世界上，很多人一开始都不知道自己的喜好，也不知道自己想要成为怎么样的人，包括我也是。但你只有不断地去尝试，去碰壁，去失败，才能知道自己的喜恶，知道自己不想有的特质……然后日积月累，最终，你会知道怎么讨好自己，怎么让自己规避那些自己不想有的特质，成为一个自己想成为的人。别人期待你成为的样子，那只是别人的期待而已，你没有必要按照这些期待去规划自己的人生。陈俏，你一定要记住，成为自己想成为的那种人，比什么都重要。

陈俏一直没有回我的电邮，而我也转用了别的电子邮箱。很多年后，我偶然打开那个许久不用的邮箱，才看见了她姗姗来迟的回信。邮件最开始很密集，后来慢慢少了，渐渐变成了一年一封。

她说了谢谢，也晒给我看了她的中考成绩单、高考成绩单和大学的录取通知书。最后的一封邮件，是一张今年春天陈俏在国外留学的照片，她穿着白大褂，站在金发碧眼的同学们中间，对着镜头竖了一个大大的拇指，笑容一如既往地纯净又灿烂。

我从没想过自己也能有这样的奇遇，有幸去见证一个女孩子成长的过程。

而陈俏坚持的那两句话，也成了后来的我最想对那些年轻人说的话：成为你想成为的，而不是别人想要的。

也许成为你想成为的，这个过程充满不适，但只有这样，你才能跳出被期待的框架，去努力，去成长，然后真正拥有完整的自己啊。

掌控自己的欲望，
才能从容不迫地生活

知道《北京女子图鉴》，是源于微博上的一段视频，其中采访的人物包括演员戚薇、时尚杂志主编苏芒、网红左岸潇、实习生、送餐员等不同职业和年龄的北漂女性。看着他们都用淡定轻松的语言，说着在北京经历过的种种，我心里多少有些感慨。

这部剧的主角陈可依，一个无背景、无关系的四川女孩，因不满足于小城市的生活现状，不甘心成为一个差不多的人，过差不多的日子，于是她决定北漂。

初入职场的陈可依，希望有一天可以买得起一个 LV 的包。LV 包对她而言，不仅仅只是件奢侈品，更多是代表着更美好更光鲜的生活，她希望自己的生活可以上一个档次，活得扬眉吐气。

后来，她干脆把名字直接改成了：陈可。还给自己找到了死磕在北京的理由：一个 LV 的包包。

她与"经济适用男"张超交往,却被明确告知:"男人不喜欢那么有欲望的女人。"生日时,张超送她的礼物,是网购的两百九十九元的仿 LV 吊带,并不是陈可期待已久的真正的 LV 包。有一次,他们去吃自助餐,张超为了不吃亏,竟然吃到死撑,然后去买消化药,这让陈可无法理解。还有张超的终极计划,是赚够钱便带她回西安定居,这最让陈可没办法接受。最终,三观不合的他们,只能分手。

后来的富二代男友于洋,算是帮她短期实现了欲望。只可惜本以为爱情生活双丰收的她,看似得到了很多,豪车接送,奢侈品傍身,接触到了上流社会的生活,但却得不到于洋的任何结婚承诺。

陈可的结局,无非就是一个接一个地又谈了很多场恋爱,却无一人能与她到白头。不过陈可最终与好友一起创业,也算实现了与北京继续死磕下去的梦想。

整部剧下来,我们没有必要去批评陈可对物质上的欲望,对高品质生活的追求。不能说她的选择一定是错的。因为生活中的每个人都懂得要趋利避害。就像剧中顾总对陈可说的话:

> 谁都想过得舒服一点,得到更多,然后自己少辛苦一点,我们都是这样的人。

不过,从张超的那句"有欲望的女人,让男人不喜欢"的话,可以看出,大多数人是不太喜欢"欲望"这个词的。

在常人看来,欲望就是对金钱的渴望,就是一味追求物质,就是虚荣。但我却更喜欢将欲望解释为梦想。

是人都会有欲望，如果欲望能够立到实处，也就成了梦想。梦想如果好高骛远，最终也不过是欲望。

这么说，如何掌控欲望，真的至关重要。

多年前，刚毕业那会儿，我也经常想，北京是一个什么样的地方？有人想方设法逃离，有人做梦都想留在这里。不了解它的人对它充满幻想，了解它的人便呵呵付之一笑。

Wendy，是我在北京的一个做自媒体的朋友，她曾经这样形容北京："在北京，你每天一出门就能感受到扑面而来的紧迫气息，去一家咖啡馆喝杯咖啡，旁边聊的都是生机勃勃的项目，随便打个出租车，对方都要苦口婆心鼓励你好好学英语，认识的人都在飞速前进，你自己不认真做点事情都觉得不好意思。万事都有利弊，世间没有绝对好坏。有人宁做鸡头不做凤尾，我自知没那么自命清高。我宁愿在凤凰的世界里夹缝中生存，那我也是一只高贵的神鸟，受人敬仰的同时，还能飞上蓝天，看到更广阔的世界。"

Wendy三十几岁才来北京，但没想到，已经这个年龄，她的适应能力却是极强。三年不到，就开了自己的公司，营业额也近千万。

那天，我们在她家喝酒聊天，喝到微醺，各自倚在沙发的一角，我好奇且调侃地问她："怎么一把年纪了才来北京？这么有能力，要是早点来，估计现在公司都准备要上市了吧。"

"你错了。你以为我现在这点成就，是很容易得来的吗？我

这个世界是平衡的,
学着掌控自己的欲望,才能从容不迫地生活,
毕竟,我们自己才能决定自己生活的样子。

可是来北京前,做了不少准备的。这里的能人那么多,这里的人那么拼。比你厉害一百倍的人,真就比你努力一千倍。"

继续往下聊,我才知道,当年生活在那个三线小城的Wendy,初中时就向往北京。

那时,班里有个女同学,她穿的衣服,用的文具,吃的零食,等等,都比别人的好看新颖。班里很多同学都问她,你这些东西都是哪里买的?她总说是爸爸从北京给她带回来的。欲望有时会来源于攀比,那件事后,Wendy就开始对北京充满了向往和欲望。即便是后来她长大了,见过了更好的东西,更美的世界,她还是向往北京。她喜欢北京的底蕴和文化,现代和潮流。北京承载了她太多的欲望和幻想,甚至她曾经做梦都想嫁个北京人,据说那样就能顺理成章地拥有北京户口,那时候的她还发誓,总有一天要把父母也带去北京定居。

后来,高考后没能被自己填报的北京高校录取,错过北京的Wendy,反而明白了更多,她没有再盲目攀比,也没有随波逐流,欲望还是有的,梦想肯定还是要实现的,自己不能就此输掉。去不了北京的大学,说明自身不够强。没有足够的资本,即便去了北京又如何立足?所以她要精心给自己设计一条"弯路"继续走下去。

Wendy选择去了英国勤工俭学读本科,后来又辗转去了美国读研究生。研究生毕业后,她又想尽办法地留在了美国,跟随一家顶级团队,历练了三年。其间当然也有过失败、沮丧、退缩和迷茫,一个女孩子举目无亲地站在国外的街头,泪流满面的感觉并不好受。但这恍如昨日的一切,她终究挺了过来。

十九岁开始异国漂泊，十几年来，Wendy一直在充实自己，让自己拥有足够的资本，能够有朝一日来到北京打拼。

本有机会长留美国，但Wendy还是放弃了。父母也劝过，要么待在美国，要么回到家乡，老大不小了还去什么北京？但她还是觉得，人不应该这么轻而易举地就改变了自己最初的梦想。

也许要感谢在国外的经历，让Wendy早就经历过一波磨难，也见识过更大的世界。来北京这三年，职场中游历的她便更懂得，买不起的大牌，开不起的豪车，走不进的上流社会，她从不羡慕，也不强求。与其烦躁不安，想尽办法，倒不如丰富学识，养好气质，骨子里的自己，光彩照人，富有实力，所谓上流社会，自然上门请你。

只是这世间没有谁的成功是轻易得到的，每个成功的背后，都堆满了无数的汗水和泪水，很多时候，我们只是看到了那些人光彩的一面罢了。即使Wendy她提前付出并准备了很多，但来到北京的这三年，她也还是拼尽全力，才有了如今的成就。

第二天，我要离开北京，Wendy开车送我去南站，就在与我分别的一刻，她突然笑嘻嘻地迎上来拥抱我："忘了跟你说，你下次来，我就不住这儿了。我最近在四环附近买了套房，稍后打算把爸妈也接来住段时间。还有，我最近恋爱啦！听你的话，我做到了不骄不躁，从一而终，等到了那个对的人。"

其实，无论是生活不易的大城市，还是看似安逸的小城市，都会有各自的艰辛和困难，只不过面临的具体遭遇和内容不同，或者每个人想要追求的生活和目标不一样，但是人的欲望却是相通的。

是人都有欲望，这是天生本性，无欲无求极少人能做到。有人把欲望看作是贪婪，我更愿意把欲望看成是梦想。我们也应该要有欲望，不然哪里来的人生目标、前进动力呢？年轻人更应该要多一些欲望，欲望有时候就是支撑我们拼搏下去的信心和勇气。有欲望并不可怕，可怕的是不懂得如何掌控欲望，那就会变得得不偿失。

Wendy 的艰难像是一步步地积累，陈可的不易更像是一步步地消耗。也许陈可无所畏惧、至死不渝也是对的，轰轰烈烈的结果，无非不是你死就是我活。但我却更喜欢 Wendy 这种头脑清晰、掌控欲望的本事，因为这样能更从容不迫地去生活。

钱财、美色、饮食、权力、名位……这些谁不希望拥有？谁不想赚更多的钱，吃好吃的美食，然后还有个好看且疼爱自己的爱人，事业家庭双丰收？但万事都要有度，要有底线。可以争取，但绝不贪恋。不应该过分沉迷，应该强大自己，让一切顺其自然，是你的你终有一天会得到。

说到底，人生到了下半场，敌人就只剩下自己了。这个世界是平衡的，学着掌控自己的欲望，才能从容不迫地生活，毕竟，我们自己才能决定自己生活的样子。

在回去的高铁上，我给 Wendy 发了一段话：

> 原来懂得把欲望和命运掌控在自己手里，再经过不懈的努力和坚持，我们真的就可以实现梦想，而后从容不迫地生活啊！

知世故而不世故的你，很酷

朋友的朋友晓华是上海一家酒店的会计，今年三月初才入职。

她性格很好，温柔又安静，总是默默地做完自己的工作。但只要有空，晓华总会帮着同事做一些力所能及的事情，所以在部门里人缘很好。

晓华所在的酒店是一家颇负盛名的星级酒店，在全国各地都有分店，顾客一直都是络绎不绝。为了增加总营业额，酒店的餐饮部常常会根据节日制作各种各样的应季食品，比如端午节的粽子、中秋节的月饼等。这些食品被包装在档次不一的礼盒里，作为礼物，被酒店用于售卖。

但酒店制作的礼盒量很多，大大超过了客源的需求量。这个时候，酒店就会要求分发指标到各级部门，要求酒店员工在自己的社交圈子里进行销售。

晓华所在的是后勤行政部，本来并不参与到销售部门的指标评定中，但碍于上级指示，大家也只能违心地在朋友圈里发布各种动态。表面上是文采斐然，用词能把自家酒店的礼盒夸出花来，但其实自己心知肚明那些礼盒的猫腻，压根就不会去购买。

每到这个时候，晓华的存在感总是特别低，她从来不转发这些销售的动态，只是默默地做好自己的事情，并不关心那些指标的存在。

但后来，晓华不参与销售的事情还是被领导发现了。领导找晓华谈话时，晓华依旧是温和的，她口气柔软，却相当坚决地拒绝了在朋友圈里推销礼盒的行为："领导，我们是财务会计，销售礼盒这件事情，是销售部门的工作范围。如果今天这个指标是我们的分内工作，那么无论如何，我都会在限定的时间内完成。但如果不是我们的工作内容，也许您应该向上级提出意见，让销售部门的人做好自己分内的工作，而不是强行把指标分发下来，让其他部门的人替他们完成他们该做的事情。"

领导见无法说服晓华，便照旧搬出集体主义那一套，批评晓华没有荣誉感，让其他同事承担了她本该完成的指标。晓华意料之中地挨了顿骂，却没有继续争辩，只是默默地让领导出完了气，就回去继续自己的工作了。

她正在做表格时，隔壁的同事凑过来说："华姐，你好酷啊！其实我也很讨厌在朋友圈里推销礼盒，可虽然说这个指标不影响我们什么，但我又害怕在领导那里留下什么坏印象，只好硬着头皮发了。我好几个朋友买了，都说名不副实，找我抱怨呢。"

晓华没说什么,只是柔和地笑了笑,说:"我?酷吗?"

其实很久以前,晓华也和那个刚毕业没多久的小同事一样,是个珍惜自己羽毛,生怕在领导面前露怯的小职员。她摁住自己内心的不适,努力工作,赞美上级并不好看的套裙,只为在领导面前留下一个好印象,得到青眼。

但后来,晓华并没有如愿。

晓华发现即使自己越来越世故,敬该敬的酒,拍该拍的马屁,做一切自己并不想做的事情……在领导眼里,她还是重要不起来。

因为归根结底,在一间小小的办公室里,相处久了大家都知根知底,谁是真正有能力的人,谁是溜须拍马的绣花枕头,一目了然。

意识到自己的失误后,晓华就从原来的单位辞了职。因为在那里,她已经卸不下自己的伪装了。在所有人眼里,晓华都是那个脾气很好、随叫随到的人,这个时候她再说要做自己,已经太迟了。

离职后,晓华在家休息了一段时间。

那段时间里,晓华一边做着副业维持生计,一边潜心准备高级会计师证的考试。也就是在这段时间,晓华渐渐戒掉了原来根本无法离手的微信和朋友圈,她越来越安静,专心致志地为了实现自己的目标而拼命努力,即使为伊消得人憔悴,也毫不后悔。

拿到高级会计师证后,晓华来到了这家酒店工作。这个时候的她,已经彻底明白了"知世故而不世故"应该是一种怎样的心态。

上班时间，晓华会很专注地完成自己分内的工作，但下班之后，她就不会再刻意去经营什么，而是尽情地享受属于自己的时间。

鲁迅有一句话说得很好：

> 人世间真是难处的地方，说一个人"不通世故"，固然不是好话，但说他"深于世故"也不是好话。

社会本来就是这样矛盾的，人生也是。你不能完全"不通世故"，因为那样会寸步难行，你也不能"深于世故"，因为那样会失去自己，变成一个太过小心翼翼的人。分析着别人的每一句话，观察着别人的每一个表情，注意着别人的每一个举动，生怕别人针对你，时时刻刻都在反省自己是不是做得不够好。为了建立更好的形象，你"世故"地埋葬了自己的喜怒哀乐，变成了随人笑随人哭的傀儡……这样，其实很累的，不是吗？

人在成长的过程中，总是不断地学习着，调整着自己，从而更好地去适应环境。

因为吃过亏，所以会学乖，会学着去讨好别人，去经营自己，也就不由自主地变得越来越"世故"起来。但人生啊，就只有这么一遭，死后的世界我们无法想象，只能尽情地度过此生。因此，享受人生，就变成了一个非常重要的事情。

对于很多人而言，工作其实是一个维生的手段而已。如果是这样的话，那么维生之余，自己的感受，应当摆在更为重要的位置上。

在这个社会上，我们要生存，就必须要和各种各样的人和事打交道。会遇见善良的人，也会遇见险恶的人，但应该要把握好尺度，不被人影响和改变。知世故而不世故，历经风雨洗礼的同时而保留真实的自我，是一件并不那么容易做到的事情。

总有一些底线，你要坚守，也总有一些东西，你无论如何也不能放弃。

周国平在《灵魂只能独行》里说：

> 许多人所谓的成熟，不过是被习俗磨去了棱角，变得世故而实际了。那不是成熟，而是精神的早衰和个性的消亡。真正的成熟，应当是独特个性的形成，真实自我的发现，精神上的结果和丰收。

保持自己的棱角，记住自己的底线和不能放弃的独特个性，是把你和别人区别开来的重要标准。

一个人未经世故，就容易在逆境中一败不起，但一个人太深于世故，就会忘记自己，变成个面目模糊的人，混沌地活着。与其在困境里蹉跎，不如打破常规，丰富自己，让自己更加强大。

要记住，知世故而不世故的你，很酷。

一个人未经世故，
就容易在逆境中一败不起，
但一个人太深于世故，
就会忘记自己，变成个面目模糊的人，混沌地活着。

没有希望的黑夜里,多的是迷茫的眼泪,但擦干眼泪后,生活还是要继续下去,自己所坚持的仍然不能放弃。

砥砺前行
不改锋芒

Forge ahead with the difficulties, no change in the sharp character

Part 5

总有一次深爱，义无反顾

有时在公司加班到很晚，开车回家路过马克的小餐馆，我必会进去吃点消夜。我跟身边很多人都说过，马克做的菜，是我吃过的最好吃的菜。一段日子不吃，就会特别想念。不过我今天要讲的，却不是马克做的菜，而是有关马克的那些事。

马克开餐馆前，曾经是体制内的一个办公室职员。他的人生轨迹很平顺，也很顺遂。

小区里的幼儿园，一公里外的小学，走读的初中，市内的高中，离家一个半小时车程的大学……马克像是在用自己的人生经历诠释着"中庸"二字，他的生活里毫无惊喜，被父母和家人们安排得明明白白，一眼能看见人生的尽头。

朋友们对马克的印象大多相似，安静、温和、孝顺，不怎么提出自己的主见，很愿意去迁就长辈或者是身边的朋友、爱人。

大概是因为从来没有过什么彻底独立的经历，马克成年人的外表下，有着同龄人很少有的纯稚和真诚。他喜欢做饭，甚至业余时间去进修过烹饪专业，希望有朝一日能开一家属于自己的餐厅，给自己喜欢的客人们做一桌子菜，看着他们露出满足的笑容。

但在马克身为大学教授的父母眼中，厨师并不是个值得自豪的职业。心知父母绝不会同意自己的想法的马克，在毕业后也遵照他们的意愿，去考了当地政府的公务员。

马克从来都是不会让人失望的孩子，即使公务员考试万里挑一，他还是成功地成了那一个"一"，也成了一个"工作稳定"的待婚青年。他仍旧与父母同住，每天开着车上下班，周末时陪着父亲去郊外钓鱼，日子过得无惊无喜，安详得像个退休的老人。

其实，马克才二十六岁而已。

朋友们都说，他提前开始了自己的养老生活。马克却总是笑笑，不置可否。

马克其实并不知道自己过的是不是自己想要的生活，他无知无觉，只是这么活着而已。有时候，马克觉得自己要被那样百无聊赖的生活逼疯，但面对着岁月静好的父母，他又觉得自己能不能过上想要的生活并不重要，只要他爱的人幸福就好。

直到有一天，马克一个创业失败的发小找到了他。

发小很失意，最开始只是想找马克喝一杯。但酒过半巡的时候，他忍不住问马克："你过这样的日子，不觉得无聊吗？不觉得没意思吗？"

马克说："还好，就是这么过着日子而已。"

发小是了解马克的人，他借着酒意对马克说："马克，我觉得你这样很不好。你明明有梦想，也有才华，为什么偏偏要为了别人活呢？你父母是把你生下来，也培养你长大没错，可你终究还是要过自己的日子啊。你想想，你到底有没有一天是为自己活的？将来你会不会后悔，自己浪费了那么多时间，什么也没做？"

即将醉倒时，发小又说："马克，你以前喝醉的时候，跟我说你很想当个厨师，开家饭馆，可你好像从来没有行动过。会不会……会不会你根本就没有你想象中那么喜欢当厨师？如果你真的有那么喜欢的话，你现在不会是这种活法。"

深夜的大排档里烟火气四散，马克却在喧闹的碰杯声里听见了自己心碎的声音。

没多久，他辞了职。

后来，城市的一角里多了个总是笑呵呵的厨师，他系着白色的头巾，在小店的木吧台后面自在地切着蔬菜，身后是油锅滋滋作响的声音。

最开始，马克的父母很不解他的行为。他们都不明白一向乖巧的孩子为什么会违逆他们，放弃稳定的公务员工作，去从事一个他们眼中没什么前途的职业。

马克没有过多解释，他只说："因为我喜欢这个职业，我深爱着这个职业。为了这份深爱，我可以承担放弃任何事物的所有后果。爸，妈，我一直都很听你们的话，但这一次，我想为了自己活一次，我想尝尝义无反顾的滋味，希望你们理解。"

"义无反顾"，这四个字，无论听起来还是看起来，都太青春了。

好像我们年幼的时候，才会有那种冲劲，为了什么东西，不去衡量利益得失，不惜一切代价地努力与奋斗。后来，随着我们渐渐成熟，那些让我们义无反顾的人和事情越来越少，以至于我们都忘记了那种为了深爱的某样东西可以放弃一切的感觉。

但这个世界上，一定会有某样你深爱的东西，它在别人眼里可能并不重要，但在你眼里，却能用自己现在拥有的一切，去换取哪怕片刻的拥有。

人的一生中，如果没有为了某个人或某件事义无反顾的时刻，那是不完整的。

也许有一天你会后悔，你会觉得当初自己太过冲动，但至少，你经历过。有一天，你和朋友们坐在一起谈起曾经的时候，你会感慨：原来我也有那样充满热情和赤诚的时刻，为了某个人，为了某件事，熊熊燃烧自己，不问结果。

有时候，结果也许并不那么重要。也许义无反顾的结果并不如你所愿，但你一定会喜欢那个为了什么一腔孤勇的自己。

不求结果，不求同行，不求曾经拥有，甚至不求你爱我。

什么都不重要，你只想在人生的某一时、某一刻，为了自己深爱的人或者事，燃烧一次。即使你知道你可能会失败，会受伤，会粉身碎骨。即使你知道结果可能并不如你所愿，即使你知道那把火，有一天可能会被现实的风雨扑灭……但你还是要去做，一腔孤

义无反顾后失败并不可怕,
可怕的是当你回忆时,
发现自己前半生庸庸碌碌,中规中矩,
后半生则一眼能看到尽头,毫无惊喜。

勇,宁死不悔。

义无反顾,才会理所当然。

义无反顾后失败并不可怕,可怕的是当你回忆时,发现自己前半生庸庸碌碌,中规中矩,后半生则一眼能看到尽头,毫无惊喜,那才是最悲哀的事情。

我想,人这一生中,总有那么一两个人或者事,是你深爱着,怎么也丢不开的。可能是一个看起来不太实际的梦想,又或者是一个看起来没什么可能的爱人。但你总要去试,总要为之付出点什么,经历点什么,才能知道它到底实不实际,可不可能。

与其在将来的日子里后悔,不如当下,此刻,义无反顾地冒险一试。

毕竟,只要试了,就还有一线可能啊。

对吗?

太多的现世安稳过后，
我需要一点兵荒马乱

2017年的1月，朋友圈里突然开始盛传梅林和男友的婚讯。

我知道消息的时候，并没有感觉特别惊讶，因为在我的印象里，梅林一直都是个宜室宜家的小女人，对婚姻和家庭也特别向往。我们几个在大学玩得很好的朋友私底下聚会时，总喜欢开她的玩笑，甚至一度以为她会选择毕业后马上结婚。

离开学校后，我和梅林的联系就少了。但听到她即将结婚的消息，我还是准备了一个大红包，准备等梅林举办婚礼时给她送去。

只是没想到，这一等，就从年头等到了年尾。

年终聚会时，我终于还是没忍住，悄悄问了一个以前经常在一起玩的女同学。

她愣了一下，轻轻叹了口气说，梅林早就和那个人分开了……他婚前出轨，被梅林抓了个正着。本来他们已经把酒店、婚纱都准备好了，请柬也发了。双方父母都在事发后透出点想让梅林妥协的意思，但温和惯了的梅林，这一次直到最后都没有妥协。

梅林坚决地离开了未婚夫，含着泪退了酒席，一一和亲友解释。

我几乎都可以想象得到，那对向来内敛的梅林来说是怎样一个残酷的场景。一时说不出话来，很久之后，才轻声问道："那她现在怎么样？"

同学露出个笑容，我有点奇怪，问她怎么回事，她仍然维持着笑意，说道："梅林很好，你应该亲眼看看她现在的样子。"

梅林现在是什么样子？没过多久，我就亲眼看见了。

梅林的改变可以说是天翻地覆。她化上了精致的淡妆，一身职业装，整个人散发出一种和过去截然不同的气质。这种改变不仅表现在外貌和衣着上，更体现在梅林的精神上。她显得更健康，也更豁达了。

经历过一场婚前分手后，她没有颓废下来，反而像是脱去了过往身上那层陈旧又厚重的壳子般，露出了里面崭新的自己。

一起坐下来喝茶时，梅林才慢慢地讲起自己的经历。

她说，和前男友的分开，无疑是自己人生中最大的意外和失败。

我明白梅林的意思，她出生在一个相对富裕的知识分子家庭里，是独生女，父严母慈。梅林从小被父母保护着长大，在每个年龄段做着父母眼中正确的事情，一路走进众人艳羡的大学、艳羡的专业，最后还遇上了个算得上是门当户对的人。

一路被控制着的人生，虽然安稳，却也没有什么快乐和自我可言。

所以梅林想离开，想有自己的家庭，真正地独立和成熟起来。她把自己从母亲那里学到的温柔、善良、隐忍以及其他品质，都用在了自己深爱的人身上。她的眼里、心里，都是另外一个人的喜怒哀乐，完全失去了自己。

其实，仔细想来，她并没有在这段感情中得到什么自由和快乐，只是从一个笼子跳进了另一个笼子，被另一个人牵住了脖颈间的缰绳。只是，在父母身边时，梅林是沉默、悲伤、无力抗争的，在那个人身边，她是心甘情愿、束手就擒的。

但可悲的是，梅林说，直到跟他分开后，她才明白这个道理。

违抗父母的意思和未婚夫分开后，梅林搬离了和他一起居住的婚房，重新租了一个房间，就在离公司十分钟车程的地方。

从婚房搬离的时候，梅林难以抑制地再次痛哭了一场，她看着那个自己亲手打造的家被渐渐搬空，像是看着一场美好幻梦的破灭。只是，梅林说，虽然梦想破灭的过程很残忍，但也很真实，因为她总算是看清了现实峥嵘的棱角。

梅林不想回到父母身边居住，于是只能自己租房。她自己整理好了东西，联系搬家公司搬到了新房子。在有点霉臭味的房间落脚后，梅林看着四四方方但完全属于自己的小空间，对自己说："从今天开始，我要从头来过。"

然后，她就真的拿出了所有勇气，从头来过。

薪资低，梅林就努力工作，白天边上班边学习，提高业务水平。房间不好看，梅林就大晚上拎着一桶胶水，将房间都贴上了自己喜欢的墙纸，一一装饰每个角落。那段时间，她是真的累，完全想不起来什么分手、什么丢人现眼，每天一睁眼就是满满的安排堆在眼前，容不得她去逃避。

当然，也有艰辛到几乎熬不过去的时刻，梅林说："那段时间我很质疑自己，是不是就像父母说的那样，退一步海阔天空，他只是犯了多数男人都会犯的错误……很多时候，我都太想他了，我想回去找他，我想抛下自尊，想什么都不要，只要他。但是，我又对自己说，你都已经走到这里了，如果就这么放弃了，那你之前'千夫所指'的坚持，又有什么意义呢？"

跟我说着说着，梅林就哽咽了，又笑着说："我就凭着这份执着的信念，熬了过来。"

我看着改头换面的她，感慨万分。

这个世界上，所有的苦难都是这样，熬一刻，再熬一刻，然后就过去了。等你历经千帆之后再往回看，那些痛苦，真的都不算什么了。就像是蝴蝶破茧前的挣扎，何尝不是万般痛苦，但想要摆脱过去那个臃肿的自己谈何容易？也只能这样，一点点地磨，一点点地挣脱，才能有最后一刻飞向蓝天的惊艳和美好。

前一段时间在微博上看见一个"减肥堪比整容"的话题，里面很多人现身说法,以两个截然不同的自己作比较,告诉世人自己蜕变后的美好。

微博下也有很多人询问减肥的方法,自然也会有热心的博主回答,但随即便是:有没有能不运动的方法?有没有能不节食的方法?有没有躺着都能瘦的方法?

有没有?你说呢?大家都知道,减肥最重要的不过是"管住嘴、迈开腿",可就是有那么多人,不愿意去受那些苦,却两眼发热地盯着别人蜕变后光鲜亮丽的模样,在脑子里幻想着成功的捷径。

想得美。

不努力读书,怎么可能有好成绩;不努力工作,怎么可能有高工资;不控制食欲又懒得运动,怎么可能有健美的好身材……这个世界上固然也有不必遵守这个定律的人,但那毕竟只是少数,大多数人都是普通人而已,手里的东西得来失去都有代价,走的很多路途也根本没有捷径可言,只能自己去试,自己去磨,自己挣扎着破茧成蝶。

这个世界上，所有的苦难都是这样，熬一刻，再熬一刻，然后就过去了。

不想做大魔王了，想做你的小公主

大概是 2013 年的时候，我和一家本地的出版社合作出书，因此认识了还在试用期的编辑郦宁。

郦宁当时研究生刚毕业，跟着上司一起来跟我谈合同，举手投足间还满是青涩，学生气仍然非常浓厚。我还记得她看到我时非常诧异地说："老师，原来你这么年轻啊！"

我听完就是一愣，因为从实际年龄上说，我们可能差不了多少。

郦宁太过惊讶的表情让人很难有不被冒犯的感觉，但为了不让她在上司面前留下什么不好的印象，我只是笑着调侃道："是吗？谢谢你的夸奖，不过我也要反省一下，原来我的作品会让读者和编辑们觉得作者年纪很大啊？"

郦宁又傻又甜地笑了起来，竟没有意识到我的调侃是一个台阶，反而把它当成了一种鼓励，认认真真地跟我分析起她为什么会觉得我年纪很大。

我原本只是不想让人尴尬，却没想到把自己推进了一个更尴尬的境地。出于礼貌，我没有打断她，只是默默听着此刻不知道算是读者还是编辑的郦宁，在我面前细数着我发表过的作品，内心简直如油滚水，万般沸腾与煎熬。

说实话，对于我这种相对比较内敛的人来说，自己写出来的作品被当面谈论的感觉并不太好。女性因为兴奋而微微提高的嗓音，在安静的咖啡馆里特别引人注意。我在顾客们纷纷侧目的视线里表情微妙，刚坐下不过十分钟，已经有了一种心力交瘁的感觉。

郦宁持续发表着自己的见解，而她的上司则是无言以对地坐在一旁，表情也是尴尬又懊恼。她数度想打断郦宁的话，却被谈兴正浓的郦宁忽视得干干净净。

眼见我笑得越来越勉强，郦宁的上司终于坐不住了。

她强势地打断了郦宁的话，在郦宁错愕的表情里直接站起来对我说："老师，今天我们先暂时到这里吧，好吗？合同我今天带来了，您可以拿一份回去看看，具体细节我们另外约一个方便的时间再谈。真是非常抱歉，耽误您的时间了。"

我尴尬得简直无法直视郦宁的脸，点了点头，就匆匆从咖啡馆离开了。

事后，郦宁的上司，也就是当时负责和我对接的编辑打电话跟我道歉，说原本是想带一下新人，也没想到会有这样的情况，让我千万不要放在心上。

我反而有点担心郦宁，就多问了一句。编辑还没出声，我就先说:"小姑娘刚从学校出来,我能理解,你也不用太为难她。我看她还是有点天分的,分析起文章来像模像样,虽然性子还没沉下来,但你要是愿意教,估计以后也是能独当一面的。"

编辑在电话对面笑,说:"也就是您脾气好,还帮她说话,这要是换作别人,估计郦宁说第一句话就要翻脸走人了,您还忍了这么久。"

我也跟着笑:"我们不都是从这样子过来的吗?不能因为现在不怎么犯错了,就非要求那些没经验的年轻人一点错都不能犯了吧?最早我写稿子的时候,不也是一篇篇写,一篇篇退,连最基本的文学常识都不懂,也就是学、练、沉淀,才慢慢能把道理说出来个一二的吗?"

编辑应了声"是",没再多说。

这毕竟是出版社的内部问题,我不好多加干涉,多说的这几句话已经越界。听编辑没有深谈的意思,我也就点到即止,没有再追问下去。

第二天,郦宁来找我道歉。

她提了包装精致的花和水果,放在客厅里堆成一座小山,看上去非常昂贵,却让我倍感负担。我知道郦宁只是个刚毕业没多久的学生,在出版社里的工资肯定不高,那些礼物的价格可能抵得过她小半个月的工资了,让我怎么能心安理得地收下?

我有心想让郦宁把礼物退回去,但看着她忐忑不安的样子,又实在不忍心，就没再说话。

那个时候，郦宁是真的青涩，为人处事都带着刚出世的慌张。好在她的上司虽然看着严厉，但确实是个惜才的人，也肯指点后辈。

在我跟他们出版社合作第二本书的时候，来沟通合同细节的人已经变成了郦宁。当时我已经有大概两年没有见过她了，重逢的时候，郦宁再也没有了当时忐忑到要哭出来的胆怯，身边还跟了一个更加青涩的男孩子，是出版社新来的员工。

郦宁去点餐的时候，男孩子跟我谈起她，语气里有崇拜，也有畏惧。他说现在郦宁在出版社的职位已经很高了，平时雷厉风行，对下属要求严格，简直是活生生的女魔头。男孩子说到话尾的时候，郦宁正好回来，听到那句特大加粗的"女魔头"，挑了挑细细的眉梢。

男孩子像只察觉到危险临近的猫般立刻收了声，小心地往旁边坐了坐。

郦宁没说什么，我倒看得半是无奈半是好笑，万万没想到历史竟会在我面前重演，只是这回在我面前口无遮拦的，变成了别人。

真正开始合作之后，我才明白了男孩子口中的"女魔头"到底是什么意思。相对于从前的青涩，郦宁确实成长了太多，专业程度较她已经离职的上司只高不低，她成长的速度让我非常惊叹。

我们两个私下闲聊的时候，郦宁认真地说："没办法啊，人得成长啊，没有人会永远挡在你前面给你遮风挡雨的，父母不会，老师不会，上级也不会。时间过去了，你已经到了给别人遮风挡雨的年纪，就只能让自己更强大，不然还能怎么样呢？"

去年年初,我又跟郦宁合作了第三本书。

这一次再合作时,她已经成立了自己的出版公司,当起了老板。据我的新编辑说,郦宁天天都忙得脚不沾地。我以为郦宁不会再直接负责我的这个选题,但没想到,她还是亲自来跟我见了一面。

算算年纪,郦宁也是即将三十岁的人了,剪着齐耳短发,妆容精致,风风火火的样子充满了女强人的气场。我们在一起吃了顿饭,聊天的时候,郦宁说,她已经有将近五六年没有谈恋爱了,生活里只有工作,无论是"小狼狗"还是"小奶狗"都已经拨动不了她死寂的心弦。

我说:"不着急,总能遇见好的。"

她吐槽说:"看来女人聪明到一定程度,的确是很难找到对象的。男人自以为深情的套路在小说里看多了,在现实上演后,真的没什么浪漫感,只是觉得油腻。"

郦宁问我:"你觉得我适合什么类型的人呀?"

我想了想,回答她:"能让你重新拥有少女心的类型吧?"

她仰头大笑,说:"我可是大魔王啊,少女心都死光了,连细胞都没有留下。你真该去看看,现在我公司里的那些员工看见我的那个表情,隔着十里远都想踩着风火轮掉头就跑。别说拥有少女心了,我估计我在他们眼里就是个少女心杀手吧。"

谁都没想到的是,后来郦宁果真遇见了这样一个人。据说对方是个音乐人,脾气特别好,把郦宁吃得死死的,也让她回到了那种眼睛随时发着光的状态。再见郦宁的时候，果然，人还是那个人，身上却飘着无形的粉，一百米开外就能看见她头上顶着的恋爱光环。

我调侃她说："现在觉得少女心都活过来了吧。"

郦宁笑嘻嘻地说："我在他面前什么招都使不出来，就知道跟着吃吃喝喝，两个人住在一起，我连拖把放在哪里都不用知道。"

我猝不及防地吃了把狗粮，噎得半天说不出话来。

没过多久，我收到郦宁的请柬，前去参加她的婚礼。婚礼很小，在一家漂亮的教堂里，郦宁穿着自己亲手缝制的棉布长裙，头上戴着编制的花环，素颜与爱人走过红毯，笑得阳光灿烂。

婚礼上，郦宁的丈夫为新婚妻子唱了一首自己写的歌。他的相貌并不出众，但声音很温柔，唱起情歌来动人心弦。台上台下的人对视的那一刻，我无比确定，自己看见了爱情最美的模样。

我曾经见过很多职场上精明强干的女孩儿，她们优雅、知性、工作能力丝毫不输男性。在这个仍以男性为主导的社会里，这些女孩儿付出了比男性多得多的努力，才能拼得自己的一席之地。

和她们一样，郦宁成长的过程并不像电影里那样，只是一笔带过后就神奇地脱胎换骨，成了别人眼中衣着光鲜、严厉刻薄的"大魔王"。

她犯过错，被人点着脑门一字一句地羞辱过，她也哭着加过班，见识过人心的幽微和可怕，然后被逼着成长了起来。

刚开始的时候，人人都有一颗炽热又柔软的赤子之心，是在经过了一次次琢磨、一次次摔打后，才慢慢变得冷硬了起来。

我见过郦宁赤诚又柔软的样子，我也相信，她现在冷硬的外壳下面，仍然包裹着一颗与当初无二的心，所以当她问我她适合什么类型的人的时候，我的答案是能让她重新拥有少女心的类型。我没说出来的解释是，能让她卸下伪装，重新做回自己的人。在那个人面前，郦宁可以跟他撒娇耍赖，可以在他面前放肆地展露自己不为外人所知的一面，被纵容，被宠溺，成为最被偏爱的那一个。

其实我想对很多女孩儿说：这个世界太艰难了，你一定要找个能照顾你、支撑你的人。即使你们都知道对方的缺点，却还是能因为存在的优点而欣赏对方，善待对方。

要知道，感情就是这样，没有人愿意在里面受伤害，所以温柔在现在这个浮躁的环境下，才会成为那么可贵的品质。在外界，你可以是呼风唤雨的大魔王，但回到他身边时，你可以放下保护自己的荆棘，疲惫又幸福地蜷在他的怀抱中，得一夜安眠。

也总会有那么一个人，让你不想当大魔王了，他会把你宠成一个小公主，自己成为那个为你遮挡风雨的骑士，忠诚又勇敢。

愿每个历经艰辛的"大魔王"，都能找到那个把你宠成"小公主"的人。

而后，风雨同舟。

上天赠送的礼物，
早已在暗中标注了价码

有一回，恰逢新书出版，做客木子主持的一档节目，她问我："你印象最深的坚持是什么？"

回忆起来，目前为止，我印象最深的坚持有三次。

第一次，是小学五年级时的运动会，我硬着头皮参加了人生第一次一千五百米长跑。途中，年少瘦弱的我累得想要放弃，却又看到场边同学们期盼的目光，听到他们喊破喉咙般为我加油。最终，我竟然拼了命地从倒数第一跑到了第三，在终点线晕倒的那一刻，我内心快乐无比。

第二次，是紧张到窒息的高考前，望着黑板上的倒计时，班主任老师跟全班同学一遍遍地说，让我们一定要再坚持一下，这样累过，努力过，就不再后悔。几乎哭着熬到高考结束，那年我们很多人都去了自己理想的大学和城市。

第三次，是关乎现在。差不多十年前，我开始疯狂地热爱起文学，后来自己创业，做公司、做杂志，面对市场的不景气，杂志停刊，有人劝我放弃这一行，但后来我却对自己说要坚持，有些坚持，不见得就是为了成功，更多是为了梦想。直到现在，也始终不算多大成功，但终归还在坚持写作，也算还有气力继续为梦想而努力。

之后，下了节目，跟木子一起去吃夜宵。木子感慨万千，她也忍不住给我讲起她的那段坚持。

木子高中的时候，是名艺术生，主攻的就是播音。

在艺术生的群体里，木子是个异类。众所周知，国内很多大学，对艺术生的文化课分数要求，并不像普通学生那样高，所以在艺术生群体里，很多人的成绩并不好。但木子不同，她的文化课成绩，即使是放在高手如云的实验班里，依然能算中游水平，一度刷新了同学们对艺术生的认知。

也正是因为木子成绩优异的关系，最开始她报考艺术专业时，便有过很多阻力。

第一个反对的，就是木子的父母。

最开始，木子的父母并不理解女儿的想法，他们深知艺术生这条路并不好走，要在这方面取得成绩，要付出的辛苦实在难以想象。

木子没有气馁，也没有和父母争吵。她把这几年自己逐步练习播音的音频作品拿出来，用行动告诉父母，这个梦想，对她而言多么重要，她为之付出的决心不会改变，而且，为之付出的辛苦她甘之如饴，最终，她心平气和地说服了父母。

木子最后说，她的人生直到现在，也只有这一个爱好而已，也许这个爱好在别人眼里虚无缥缈，但是她希望它能变成陪伴她一生的东西。

那天父亲看着木子收拾自己刻录的CD和U盘，欲言又止，最后他说："木子，你要知道，你选了一条很艰难的路，但既然你做出了选择，爸爸希望你能坚持到底，绝不能轻言放弃。"

木子沉稳地点了点头，答应了父亲。

其实搞艺术这条路并不像很多人认为的那样自由和散漫，他们的压力大多来源于一些看不见的地方，其中木子尤甚。在说服父母的时候，木子就曾经向他们作出过保证，无论如何练习播音，都不会让自己的文化课成绩下滑。木子当然能理解爸妈的用意，他们希望木子能多留一条后路。

所以，在不断磨练播音技巧的同时，木子还必须不间断地学习功课，完成自己对父母的承诺。

其实当时的木子也只是个心性未定的少女，但在很多人对未来尚无定论的时候，她已经在日日夜夜地秉灯夜读，即使是在去往播音青训中心的短暂车程里，她都会把准备好的单词本或者公式本拿在手里，窝在客车的角落里默默背诵。

她其实晕车晕得很厉害，但是时间紧迫，只能强迫自己去克服生理上的不适,尽力完成自己安排的学习计划。

有时候疲倦到极点,木子也会崩溃。

有一次,学校的老师组织艺术生去厦门参加一场比赛,如果能取得名次的话,不仅有丰厚的奖金,还能在艺考中获取额外的加分。木子准备了很久,却在到达厦门后因为流感高烧不退,还出现了短暂的失声现象。

木子在急诊室挂吊针的时候已是深夜,带队的老师在旁边休息,她默默地躺在病床上,无声地流着眼泪,泪水顺着眼角滑落到鬓发里,带来一丝刻骨的凉意。

那是木子人生中第一次体会到陷入绝境的感觉。她有那么一瞬间,不太明白自己为什么要受这样的苦。

有时候,你坚持一个东西坚持久了,却又难以看到结果时,真的会忍不住质疑自己的拼命努力、坚持忍受、委曲求全,究竟是不是值得的。没有希望的黑夜里,多的是迷茫的眼泪,但擦干眼泪后,生活还是要继续下去,自己所坚持的仍然不能放弃。

进入高三后不久,艺考开始了。

当很多人尚在校园里按部就班地学习,木子已经独自走遍了省内几所有名的高校。她在艺术生里并不算合群,大多数时间,都是自己一个人独进独出。大家虽然嘴上不说,内心却并不认可木子是群体中的一员,总是心照不宣地疏远她。

疏远木子的原因很复杂,一部分是因为木子确实很少把时间放在结交朋友上,至于另一部分,就只能用少年们微妙的竞争和嫉妒心理来解释了。

木子终归年少，也会有失落和孤独的时刻，但在日渐增加的高考压力面前，她也实在没有多余的精力去顾及别人的感受，只能埋着头，闷声前进。

当坚持的东西和群体标准相悖时，木子没有选择妥协，或者说这也只是她的另一种坚持。也许在那个时候，木子就已经意识到了，用降低自己的方式，将自己融入到人群里去，这种方法是行不通的。有时候你以为你合群了，但你也同这个集体一样，变得平庸了。

坚持，有时候是非常非常孤独的。

木子开始学播音的时候，她的老师曾经说过，木子有天赋。这种天赋，是上天赐予她的礼物，别人即使渴求，也没有办法复制和窃取。

但直到木子考上理想的学校后，她才明白，所谓上天赐予的礼物，其实都已经在暗中标注了价码，你只有付出一定的代价，才能把这份礼物真正地从上天手里争取过来。如果你不曾坚持，也不曾努力，即使那份礼物你已经攥在手里，终有一日也会被上天收回。

对于木子来说，这份外包装上写着天赋的礼物，是她咬牙坚持了很久很久，付出了无数的泪水和汗水，才攒够了换取礼物的砝码，实现了自己自少女时代就存在着的梦想。而那种不懈努力，沉默着坚持的精神特质，也深深地刻印在了她的灵魂里，让木子再也没有了畏惧。

肉体的成长只是一种外在的发展，内心的成长才是一种灵魂的救赎。

原本木子也只是一个普通的高中生，后来她却用比同龄人更快的速度破茧成蝶。而这一切的改变，都是因为木子有勇气踏出开始的那一步，然后克服无数的困难，坚持了下去。如果她踟蹰不前，如果她中途放弃，最后的结果可能都不会是那样美好。

我们的人生中，可能会出现很多这样的情况，你真心喜欢的东西在别人眼里，只是"饥不能管饱，寒不能当衣"的累赘。当然人各有志，喜好不同，我们不必在乎。但其实你人生大多数的快乐，都是来源于这些不能吃也不能穿的东西，它们会成为你的精神力量，把你从越来越无趣的生活里拯救出来。

所以，别轻易放弃，坚持下去，坚持的过程也许是艰难的、漫长的。只有你自己知道自己的目标是什么，坚持是什么，你的灵魂才能站在一个全新的高度，看到一个别样的世界。人啊，从来不是因为有了希望才坚持，而是因为坚持了才有希望。心中多一点坚持，人生才能少一点遗憾啊！

如果你不努力、不坚持，即使上天赐智慧与成功为礼，你仍旧不能把它收下。

因为上天把每一份礼物都包装好了，它精致又昂贵，如果你没有坚持，没有付出，那它就永远都不会属于你。

长久的坚持，远比一时的热情高涨更难得，也更重要。

上天把每一份礼物都包装好了，它精致又昂贵，如果你没有坚持，没有付出，那它就永远都不会属于你。

总会有个人出现，让你原谅这世界

如果每个人生命中，都会出现一个低到不能再低的低谷，那小优的低谷，出现在 2016 年。

那一年，她和相恋四年的男友分手了。

曾经相爱的人，撕下温情脉脉的面具后，其实比敌人更可怕。小优怎么也不会想到，自己全心全意支持和信任的人，竟然会用出轨这种最不堪的方式，背叛了自己，率先逃离了这段她用心浇灌的感情。

小优以为自己已经跌落谷底，但生活的残酷就在于，它能让你知道，你还可以跌得更深。

当时，已入职场几年的小优，却依然不懂得保护自己。于是，她成了办公室斗争中的牺牲品，数次被领导批评，甚至被同事当面羞辱，嘲笑她没有工作能力，空有一个"985"高校的研究生文凭。

那段时间，小优像只失了心的游魂，无数次在深夜里痛哭。

但无论多深沉的痛苦，让人沉浸其中，总有一天，现实也会逼迫她醒过来。

小优再也没提过"感情"两个字，每天睁开眼睛就是工作，忙碌着塞满生活，不让自己有一丝一毫软弱的机会。年末时，她用自己漂亮的业绩，将所有嘲笑过自己的同事斩于马下，成了领导心中的最佳员工。

可奇怪的是，小优没有任何开心的感觉，她觉得自己像被套进了一个厚重的壳子里，四周都是真空，传不进任何能触动她的声音。

小优知道自己的状况不好，她平静的样子下面，藏着对世界深深的厌倦和冷漠，每天下班后，只想把自己扔到床上，一动不动。

后来，在我们这群朋友的建议下，小优决定休了年假，出门散心。

她就近去了韩国。悲催的是，还没出首尔机场，她就遇到了麻烦事。

小优下了飞机取行李时，发现自己的箱子被一个陌生女人误拿了。小优跑上前去，用英语和对方交涉，但对方是韩国人，英语带着浓重的口音，实在蹩脚。两个人鸡同鸭讲地交流了半天，却始终沟通不出个所以然来。

正当小优要叫机场保安时，有个穿着白衬衫的男生走上来，用韩语向那个陌生女人解释了一番，帮她拿回了行李。小优困境顿解，用中文和男生聊了几句后，才知道，这个样貌年轻的男生，其实已经工作多年，因为工作需要经常往来两国，说得一口流利的中文。

知道小优不会说韩语后，男生还跟小优一起拼了车，一直到把她安全送到提前订好的酒店，才自己打车离开。

车费是男生付的，小优有些过意不去，留了他的联系方式，希望以后能有机会请他吃饭，以表感谢。面对小优的感谢，男生非常温和地表示，自己初到中国时，也得到了很多中国人的帮助，希望她不要把自己一点小小的回报放在心上。如果小优在韩国遇上什么困难，可以和他联系。

后来，两个人一来一往地在微信上聊天，也就慢慢熟络起来。

他们谈起各自的工作，知道小优在工作中遇到的种种困难后，男生越来越欣赏小优的这种性格，他觉得小优活得特别真实，于是主动对小优说："反正我也在家休假，如果不介意，我可以带你去韩国各地玩一下，应该可以去到很多你没有在攻略里了解过的地方。"他的声音温暖磁性，在安静的房间里响起来的时候，简直让人无法拒绝他提出的任何要求。

男生叫金景秀，比小优大一岁，衣着韩风明显，看上去就像个刚毕业的大学生。在他身边，小优都觉得自己跟着年轻了不少，仿佛回到了大学时代，像跟着朋友一起轧马路般无拘无束。他们一起去了很多韩剧里经典场景的发生地，还去了各大免税店扫货，玩得特别开心。

小优和景秀相处多了，才知道他是个温暖到骨子里的人，始终保持着一颗温柔又平和的心,细心体贴地为身边的人考虑,彬彬有礼,仿佛是个老派的英国绅士,大多数女孩口中的暖男也不过如此。

有时候小优也会觉得他傻,但当景秀微笑着弯下腰认真听她说话时,她又忍不住自己如雷般的心跳,只能放下自己冷淡的伪装,露出同样灿烂的笑容来。

她渐渐忘了曾经发生在自己身上的不愉快,那些曾经咬牙切齿想要报复生活的不甘和戾气,渐渐被崭新的视野稀释,不再总是萦绕在小优的心头。

年假即将结束的前一天,小优跟着景秀去了一趟他的故乡。

两个人在海边架起了烧烤架,一边吃着烤肉,一边喝着啤酒。喝到微醺的时候,景秀跟小优说起自己的曾经。如何在单亲家庭中成长,如何在学生时代迷失,如何爱上一个身患重病的女友,又是如何义无反顾地跟她结婚,陪她走完生命的最后一程,直到失去她。

小优从来不知道,原来这样一个温暖和包容的人,也经历过很多的伤痕和无奈。更不知道,原来一个人在有过那么多的伤痕和无奈后,竟然还可以用这样一颗温暖的心,来对待这个世界,对待自己身边所有的人。

那天晚上,小优突然就觉得,对一切过往都可以释怀了。

在景秀醉倒的时候,小优就平静而略带微醺地坐在他的身旁,内心从未有过的一丝暖流注入,那种安全感无以言表。

头顶是浩瀚的星空和皎洁的明月,她突然满含深情地对着眼前已经看不到边际的大海喃喃:"以前我不相信,这个世界上会有一个人,能让我原谅生活的所有刁难,现在我相信了,谢谢你。"

回国后不久,小优辞职了。一开始,我们这帮朋友都很惊讶,但后来,我们渐渐看到了小优的改变,也就大概明白了其中的深意。

小优渐渐变得温和了许多,也暖心了许多。她开始读更多的书,走更多的路,变得热爱起民谣,钟情于运动。她开始学会关心身边的朋友,也会积极主动地约着外出,然后非常细致又体贴地照顾别人。

那种微小而真实的善意,回馈过来的,也都是相同的善意。

小优觉得,自己通过景秀,看到了另外一种对抗世界的方式。

离职后的小优,开了一家服装工作室,自己当起了老板。

她像是破茧成蝶般,活出了另一种模样。

在工作上,小优更加雷厉风行,但在生活乃至情感上,她却慢了很多,不再总是一副消极又悲观的样子,仿佛已经与过去的自己和解。她甚至也相信,生命中定会遇到一个对的人。

景秀过段时间又要来中国出差,微信上问小优能不能做个向导,也带着他游遍中国。小优忍着笑意回复他:可以是可以,只是中国太大,你的假期得足够长才行。

打字的时候,小优的脸上带着非常非常温暖的笑容。她已经完全从旧日的低谷中走了出来,往一条自己没有走过,却足够自由和光明的道路上去。

电影《这个杀手不太冷》里有这样一句话:

> 我所认为最深沉的爱，莫过于分开以后，我将自己活成了你的样子。

其实我一直觉得，人在正当好的年龄，能遇上一个温柔的人，实在太重要了。他在很大程度上会改变你看待这个世界的方式，你的为人处事，你的价值观，甚至是你的一生。怎么说呢，感情，积极正面的感情，是人定型后能影响他的最大的因素之一。

当你爱上一个能给你力量的人，当你爱上一个能催你奋进的人，当你爱上一个能永远在你背后支持你、鼓励你，让你有勇气去面对世间困苦的人时，你会渐渐发现，自己变成了一个和他相似的人。

所谓长久婚姻生活里修出的夫妻相，大抵如此，都是互相影响的缘故。

爱是一种感觉，难以捉摸，但当爱上那个人的时候，你会知道。你会觉得如果上天让你经历的苦难是为了能遇见眼前这个人的话，之前的苦难，都是值得的。你会像小优一样，与内心的不甘与戾气和解。

那个人会让你爱上这世界，会让你看见这世界的美好，会让你觉得就算免不了颠沛流离，但有他陪着，就很好。

我想，世界上总会有个人出现的，最开始，他惊艳了你的时光，最后，他温柔了你的岁月。

他教会你如何与世界和解，让你原谅了世界对你的为难，他展示给你看另一种生活的方式，让你有力量，有勇气，即使跌倒，也能不忘初心，重新爬起来，对这个世界露出最美的微笑。

你最大限度的自由来自你的自律

不记得从什么时候开始,大家对自律这件事越来越关注,对自律的人也越来越欣赏。比如已经三十四岁,却仍处于职业生涯巅峰的球星C罗。再比如,曾经是个小胖子,如今却已成为人人羡慕,想拥有其完美身材的国民男友彭于晏。

他们也都是好友星星心目中的男神,每次跟我提起他们,星星总是一副心花怒放的样子。见我笑她,她又连忙解释说:"我可不是个只看颜值的花痴,真正吸引我的,是他们身上那种严于律己的人生态度,我也正在努力要求自己向他们学习。"见我再笑,她便含羞地红了脸。

当然,玩笑归玩笑,是不是花痴我不敢说,但正在向男神们学习那倒是真的。现在,见过她的人都说她是工作能力极强的气质美女,这可跟我第一次见到的星星大有不同。

星星曾经是个身高一米六,体重却超过一百七十斤的胖姑娘。

和很多人想象的不一样，最开始星星其实没为自己的体重困扰过多少。其中一部分的原因是因为星星天性乐观，并不太在意旁人异样的眼光。另一部分原因则稍微现实一点，那就是星星的胖不是一朝一夕吃出来的，她有自己独有的生活方式，每天吃吃喝喝，一边自甘堕落，一边又觉得无可救药地快乐。

当然，在街上看见又美又仙的小姐姐时，星星也会羡慕，但当时的她并不会被刺激到，羡慕完后，就会觉得自己维持着当下又宅又舒服的生活方式，也是一件很幸福的事。

那时候，在身边的朋友们眼里，星星是个可爱的胖子，总是笑眯眯的，好像没有什么烦心事能困扰到她。即使真的有什么不开心的，也是一顿烧烤或者火锅就能解决掉的，如果还不够，就两顿，加上一瓶充满糖分的肥宅快乐水，那就真是毫无愁事挂心头了。

只能说，心宽体胖也不是没有道理的。

作为一个合格的宅女，星星和很多同道中人一样，暴饮暴食，爱看小说，爱追剧，有时候熬起夜来，能盯着手机到天亮。星星的快乐毫无疑问，只是在这样不规律的作息下，她的体重在慢慢升高，身体素质却在慢慢下降。

终于，工作后的第一年，有一天星星突然在公司晕倒了。急救车把星星送到医院后，她的身体查出了很多问题。因为过度饮食，因为肥胖，也因为长期的熬夜，导致星星的免疫力极差，由普通的感冒发展成了严重的心肌炎，几乎生命垂危。她就这么一病下去，在医院里住了大半个月。

可以说，这一次重病的经历，很大程度上改变了星星对生活方式的观念。

在医院里，星星亲眼看见那些因为各种疾病而在生死线上挣扎的人。病得最严重的时候，星星甚至在重症病房观察过一段时间。在充满着心电监护仪鸣叫声的大房间里，躺着很多失去意识的肉身，而星星是里面最清醒的那一个。

她见到了自己父母崩溃哭泣的模样，他们穿着蓝色的隔离衣，在限定的时间里进来看望星星，脸上都是悲痛欲绝的模样。

星星从来没有看过父母那样的表情。而她知道，那都是她的错，是她自己，用一次次的外卖、一次次的熬夜、一次次的放纵和堕落，把自己逼到了这样的境地，也把父母逼到了这样的境地。星星悲伤地想，她还没来得及报答那两个为她无私地付出了一切的人，却又让他们如此伤心。

星星生平第一次迷信起来，她希望自己能有机会重来一次。星星在身心双重的煎熬中向上天祷告，如果能给她一次重来的机会，她不会再这样浪费自己，消耗自己。

身体好转后，星星开始强迫自己戒掉了糖分，规律作息，定期锻炼。最开始，星星因为戒糖综合征非常烦躁，但每当她处在要崩溃和放弃的边缘时，就会对自己说，想想医院，想想在 ICU 的那段日子，现在的日子再艰难，会比那个时候更艰难吗？

星星就靠着这个信念，一点一点地坚持了下来。

谁也不知道，星星是怎样从走一公里都要大喘气，到跑五公里都面不改色心不跳。只有她自己明白，其中有过怎样的披星戴月和血汗交加。

星星艰难地挣扎在茧里蜕变的时候，她的父母一直陪在她身边。妈妈给星星做各种各样低盐、低糖的素食，而爸爸无论下班多晚，工作多辛苦，都会每天早晚陪着星星出去散步或者慢跑。要知道，星星的妈妈曾经是无肉不欢的吃货，而爸爸总是一下班就瘫倒在沙发上，号称自己已经累到连根手指头都不想动一下。而现在，他们都在陪着星星改变，这让星星又多了个不能放弃的理由。

很久之后，人人都钦佩星星改变自己的毅力和执着，没人知道，她也曾经是个没有丝毫意志力可言的小胖子，无所谓上学时成绩一般般，工作时业绩一般般，男朋友也一直找不到，她每天最大的愿望，就是吃饱了窝在懒人沙发上追剧，什么也不用多想。

可是后来，星星在坚持锻炼后不仅丢掉了肥胖，瘦出了马甲线，还丢掉了自己慵懒的坏习惯。她渐渐变得自律起来，不用催促和陪伴就能在健身房完成自己的训练量，每天早睡早起，睡前坚持读书一小时，并且还能更专注地去完成自己的工作，甚至有了优秀的男生追求。所以，这样身体健康、生活自律的星星，又怎么不会被领导器重、升职加薪？又怎么不会被人说是事业有成的气质美女？

其实，自律这一品质，真的不能不说是当代社会成功的要素之一。

你会发现，那些不放任自己也不沉沦于外界诱惑的人，通常都有着很强的精神力。他们希望能主宰自己，不仅是身体，还有灵魂。

而自律的建立，一开始一定是痛苦的。

人都有趋利避害的本能，如果能坐在温暖的火炉前面享受着温暖，没有人会愿意在冬夜的大雪里跋涉前行。除非，大雪后有一个目标，有充足的动力，能让你愿意沾湿自己的鞋子，顶着刺骨的寒风，无论付出怎样的代价，也要抵达那个目的地。

而自律，就是那股最坚实的力量。

我们都是凡人，骨子里有那种蠢蠢欲动的向往感。因为被作为人类的各种身份和条件限制，我们渴望自由，也都渴望享受。但自由不只是随心所欲、畅所欲言而已。

自由，是你有得选择。

当一个人缺乏自律的时候，总是很容易被即时诱惑影响，模糊自己的目标，接着就是纵容自己沉溺在诱惑里，然后一次次地恶性循环。

其实，无论是正在工作还是生活着的我们，每天能受自己支配的时间都是有限的。我们不能一方面渴望着改变自己，无论是外在还是内在，一方面却总是让自己的时间被无用的社交和沉沦浪费，那样永远也不会真正有所改变，而是在循环里越陷越深，直到坠入深渊。

你要想一想，欲戴王冠，必承其重。

想要得到，却不想付出；想要站在高峰，却不愿意攀登难行的山路。这个世界上，哪有这么好的事情？其实这个世界上，像星星那样的人很多，但却不是每一个人，都真的有那样幸运的机会，能在绝境下得到重来一次的机会。

自律者，才能得到自由，才能得到选择的机会。

你看但凡才华横溢、有所作为的人，哪个不是在沉下心绪，

当一个人缺乏自律的时候,
总是很容易被即时诱惑影响,模糊自己的目标,
接着就是纵容自己沉溺在诱惑里,然后一次次地恶性循环。

朝着自己的目标不断努力呢？

除了C罗、彭于晏之外，苹果公司CEO库克凌晨四点半就开始发邮件，之后就去健身房。美国前总统奥巴马每周坚持锻炼六次，每次大约四十五分钟，只有周日才休息。

还有村上春树，他说对他而言每天只有二十三小时，因为有一个小时给了跑步，雷打不动。也就是这样的人，在工作时可以做到凌晨四点起床，马上进入工作状态。而这个时候，很多人可能才刚入睡不久。

很早之前，在一本书里，看过德国哲学家康德的一句话：

> 真正的自由不是随心所欲，而是自我主宰。

自律，才会有自由。你才可以自在地选择自己的生活方式，那些短暂的享受也许会让你得到一点快感，但那些真正让你变好的事情，也许一开始有点艰难，但只要你坚持下来了，它们也会成为你的快乐，也会成为让你更为自由、站得更高的平台。

坚持，自律，才会让你得到最大限度的自由。

换言之，自律者，才有自由。

现在的我，坚持每天读书、写作已近十年，坚持每年旅行一次，去看外面广阔的世界已近四年，坚持隔天去健身房一次已近两年。我跟星星说，接下来，让我们一起继续自律，继续努力，继续自由。所以，你要不要也跟我们一起？

孤独之前是迷茫，孤独之后是成长

和很多故事的开头一样，薯片情窦初开的时候，曾经喜欢过一个人。

对方是她的同班同学，成绩优异，性格开朗。像很多校园小说描写的那样，他有着清俊的面容，高高瘦瘦，即使穿着肥大又难看的蓝白校服，也是人群里最让人难以忽视的那个。

容易被皮相迷惑，大概是人类的通病。

薯片不能免俗，最开始喜欢他，就单纯只是因为对方长了一副她喜欢的样子。和大多数人不一样，薯片的喜欢没有只停留在暗恋的层面，她敢不畏周遭压力去追求对方，一点都不觉得丢面子。最后薯片也如愿和那个人走到了一起，像红尘俗世里的痴男怨女一样，相爱了一场。

他们谈了六年的恋爱，从青涩的高中到离开大学。就在所有人都以为他们会就这样从校服走到婚纱的时候，薯片和男友分手了,独自留在了读大学的城市里,再也没有提起过男友的名字。

分开的原因有很多,但最主要的应该是,两个人聚少离多,疲倦到无法再相爱下去。他们争吵、和好,再短暂地分开……薯片只觉得,心存留恋拖得越久,就越纠缠得难以分辨对错是非。

她在这段爱情里甜蜜过也幸福过,但最终还是耗尽了耐性和心力。像开始时一样,薯片有勇气开始,最后也选择了先离开。人可以离开,但对方留下的影响却会一直存在。薯片的性格渐渐变得沉默又内敛,她悄无声息地隐居在城市的一角,一个人塞着耳机坐地铁上班下班,吃饭睡觉。

在外人看来形单影只的生活,却让薯片感受到了最大的自由和快乐。她甚至不再身心疲惫,而是感受到了一种祥和。

薯片现在已经很少外出,她享受独居的生活,并不因此感到寂寞。

有时候我也会问薯片,会不会有感到孤独的时刻。

薯片说:"世界上的社交人群其实分两种,一种靠社交吸取力量,他们在经过社交后能建立有效的人际关系,完整自己。但也有种人,他们社交的时候其实是在放射力量,经过社交后,其实并没有办法得到真正的休息,只会越来越感到疲倦,我是后者。"

认识薯片的人,有人欣赏她现在的生活方式,比如我。也有人质疑,比如小玫。

小玫是典型的都市女郎,有着一份高薪的工作,下班的时间远比上班时间精彩。她活跃在城市里每个灯红酒绿的场合,大部分是交际应酬的需要,但更多的,也隐约有点不愿面对空荡房间的畏惧,只是小玫一直不愿意承认而已。

遇见薯片之前,小玫从来没想过,世界上居然会有薯片这样无趣的人,但真正和薯片成为朋友之后,小玫突然对自己的生活方式有了点不确定。

她看着薯片在手工改造的北欧风小窝里烘焙、烤牛排,一个人忙忙碌碌,却自有一点笃定在其中。再回忆自己的生活,她好像每天都在见各种人,一起吃喝玩乐,热热闹闹,看上去一点也不寂寞。其实那些人没有多少是陪在她身边的,大部分只是徒劳地在微信里留了个联系方式,再也没有见过。

再跟朋友一起出去玩的时候,小玫坐在绚烂的灯光下,看着下面一对对热舞的男女,就像看见了一群和她一样,竭力摆脱孤独却始终不得其法的人。

小玫问我:"是不是所有单身的人,最后都会活成薯片的样子?"

我愣了很久才回答她:"你怎么会那么想呢?世界上没有两片完全相同的叶子,也不会有两个一模一样的人。适合薯片的生活方式,不一定就适合你。你当然也可以尝试着像薯片那样生活,但不能以偏概全,就这么把所有单身的人都一网打尽了啊。"

小玫想了想,说:"其实我分不清楚,我是羡慕小玫的生活方式,还是羡慕她不觉得孤独的勇气。她可以自己一个人看电影、吃火锅,做一切想做的事情。可对于我来说,我觉得那样好可怕,电影的情节没有人分享,吃火锅的时候不能热热闹闹地笑着聊天……"

我看着陷入沉思的小玫,实在不忍心告诉她,人生本孤独,她所害怕的,其实不是孤独,是谁也躲不过的,谓之为寂寞的东西。

蒋勋在《孤独六讲》里说:

孤独和寂寞不一样,寂寞会发慌,孤独则是饱满的。

孤独和寂寞很相似,以至于常常会被人弄混,但在本质上,它们终究是不同的。通俗地说,孤独是一种精神状态,而寂寞,只是一种心情。

大多数人在意识到孤独难以避免前,都会有一段时间感到迷茫,就像小玫那样。而只有接受孤独实在是人生常态后,人才会成长起来,看清很多以前看不清的东西。

人在很多时刻,都会感到孤独,孤独和人群的基数没有关系。有时候你一个人走在路上但内心饱足,当然就不觉得孤独;有时候你和很多人在一起,明明身边人声鼎沸,热闹非常,但就是会有那么一瞬间,感到一颗心无处依傍。

归根结底,孤独与否,其实与外界环境没有多大关系,重要的,其实始终都是作为感受主体的你。如果你内心充盈,一个人的生活也可以笃定又美好。如果你眼神动荡,即使站在人山人海里,还是会有感到寂寞的时刻。

正如蒋勋所说,孤独是饱满的。

如果有一天,你发觉自己已经习惯了一个人的状态,并不为此感到空虚或者寂寞。甚至你开始用适当的孤独去休整自己,让自己更好地面对这个世界。这或许可以说明,你已经接受了生命的本质就是独行。于是,你试着提前去习惯孤独,去了解孤独的意义,与孤独和解。

我想,如果按照原本的人生轨迹,薯片应当会和小玫成为同一种人,开朗、活泼,活在人群里,喜欢着很多人,也被很多人喜欢。

问薯片的时候,薯片说,如果不是那段经历,她应该也可以像小玫那样,风风火火的,带着热量点燃世界,温暖自己,也温暖身边的人。想想那样的生活,应该也会很美好,但现在自己一个人平淡生活的状态,又确确实实内心安稳笃定,千金不换。

每个人选择的生活方式不同,其实具体如何,不需要别人置喙。

只是我们最终都会需要得到内心的安宁,分析选择的利弊得失,学着规避伤害,更好地生活。而我始终都觉得,人是太容易从众的动物,只有在你独处的时候,才能不受外界影响,才会冷静理智地去思考自己的处境,去探寻自己真正想要的生活。与其在无用的社交关系里消磨时间,不如在空闲的时间里整理自己,用更好的状态去面对这铁马冰河的世间。很多时候,孤独也是一种我们完善

所谓的孤独,实在是合理的存在,
那就学着去和孤独共存,等习惯了孤独后,再去享受孤独。

自己，使自己变得有趣的平台。我们在不同的年龄，对于孤独也会有自己的看法。正在经历的孤独，我们习惯称之为迷茫，已经经历过的那些孤独，我们把它看作是成长。其实，从害怕孤独，到忍受孤独，再到享受孤独的过程，对于我们而言，也许仅仅是一场电影的时间，一顿饭的时间，或是一场失恋伤愈的时间。

每个人注定要孤独地走过在世间逗留的整段旅途。无论是你的亲人还是朋友，终究只能陪你一段，你总会有独处的时刻。既然逃不过，就只能承认，所谓的孤独，实在是合理的存在，那就学着去和孤独共存，等习惯了孤独后，再去享受孤独。接受孤独之前，人总想着逃避那令人发慌的寂寞，接受孤独之后，很多东西才能在与自己的独处中沉淀下来，成为你灵魂里的基石，一层一层地垫在脚下，支撑着你慢慢成长，变得沉稳，不再惊惶。

图书在版编目（CIP）数据

愿为你赴一场前路不明的旅途 / 代琮著 . — 杭州：浙江文艺出版社 , 2019.5
ISBN 978-7-5339-5677-6

Ⅰ . ①愿… Ⅱ . ①代… Ⅲ . ①随笔—作品集—中国—当代 Ⅳ . ① I267.1

中国版本图书馆 CIP 数据核字 (2019) 第 072669 号

YUAN WEINI FU YICHANG QIANLUBUMING DE LÜTU
愿为你赴一场前路不明的旅途
代琮 著

出版发行	浙江文艺出版社
地　　址	杭州市体育场路 347 号
邮政编码	310006
网　　址	www.zjwycbs.cn
责任编辑	瞿昌林
责任印制	张丽敏
装帧设计	A BOOK STUDIO 舟七子 Design 1625258296
封面图片	小醒 iso
正文插图	代琮　陈惜玉　小醒 iso
印　　刷	北京盛通印刷股份有限公司
经　　销	浙江省新华书店集团有限公司
开　　本	880 毫米 ×1230 毫米　1/32
字　　数	149 千字
印　　张	8.25
版　　次	2019 年 5 月第 1 版
印　　次	2019 年 5 月第 1 次印刷
书　　号	ISBN 978-7-5339-5677-6
定　　价	45.00 元

版权所有　违者必究
（如有印刷质量问题，请寄承印单位调换）